KB196217

아들 사춘기 대 갱년기

일러두기
이 책은 국립국어원 ≪표준국어대사전≫의 표기 원칙에 따랐습니다.
다만 일부 신조어나 유행어는 이야기의 생동감을 위해 살려 두었습니다.

문학의 즐거움 72

아들 사춘기 대 갱년기

초판 1쇄 발행 2024년 11월 20일
초판 2쇄 발행 2025년 1월 17일

글 제성은
그림 이승연

펴낸곳 도서출판 개암나무(주)
펴낸이 김보경
경영관리 총괄 김수현 **경영관리** 배정은 조영재
편집 조원선 김소희 오은정 이혜인 **디자인** 이은주 **마케팅** 이기성
출판등록 2006년 6월 16일 제22-2944호

주소 서울특별시 용산구 한남대로40길 19, 4층(한남동, JD빌딩) (우)04417
전화 (02)6254-0601, 6207-0603 **팩스** (02)6254-0602 **E-mail** gaeam@gaeamnamu.co.kr
개암나무 블로그 http://blog.naver.com/gaeamnamu **개암나무 카페** http://cafe.naver.com/gaeam

ISBN 978-89-6830-851-2 73810

KC 품명 아동 도서 | 제조년월 2025년 1월 17일 | 사용연령 11세 이상
제조자명 개암나무(주) | 제조국명 대한민국 | 전화번호 02-6254-0601
주소 서울특별시 용산구 한남대로40길 19, 4층(한남동, JD빌딩)

아들 사춘기 대 갱년기

제성은 글 이승연 그림

개암나무

차례

《사춘기 대 갱년기》는 딸과 엄마의 이야기이고, 《사춘기 대 아빠 갱년기》는 딸과 아빠의 이야기입니다. 두 책을 읽은 독자분들께서 종종 아들의 사춘기도 궁금하다는 말씀을 하셨습니다. 딸만 키워 온 저로서는 아들에 대한 이야기를 어떻게 써야 할지 막막했지요. 그래서 주위 어머님들의 아들 이야기에 귀를 기울였습니다.

그러던 어느 날, 한 어머니의 말씀이 제 마음에 깊이 와닿았습니다. 덕분에 풀리지 않던 원고의 실마리를 찾았죠. 그 이야기는 이렇습니다.

아들이 고등학교를 다니는 3년 동안 성적표를 한 번도 보여 주지 않았다고 합니다. 그래서 어머니는 아들에게 이렇게 말했죠.

"아들, 성적표 좀 보자."

그러자 아들이 한 말이,

"아, 선 넘네."

그 이야기를 듣는 순간, '선 넘는다'라는 네 글자가 제 뇌리에 강하게 남았습니다. 그 말이 아들의 사춘기를 단적으로 표현한다고 느꼈죠. 살갑던 아들이 '선'을 긋기 시작하는 사춘기. 자기의 '선'을 침범했다면서 부모에게 자꾸 '선'을 넘는 사춘기. 나아가 자신만의 '선'을 넓혀 가기 위해 좌충우돌하는 사춘기. 저는 이 모습을 통해 아들과 부모가 서로를 이해해 가는 과정을 그려 보고 싶었습니다.

《아들 사춘기 대 갱년기》의 주인공은 《사춘기 대 갱년기》에 등장하는 5학년 루나의 첫사랑, 수호입니다. 네, 갑자기 키가 쑥 자라 루나의 가슴을 콩닥거리게 했던 수호요. 《사춘기 대 중학 생활》에서 중1 때 같은 반이 되어 루나가 반 배정의 요정님을 원망하게 했던 바로 그 수호가 맞습니다.

지금부터 수호의 사춘기가 어떻게 진행될지, 수호 엄마의 갱년기는 어떻게 펼쳐질지 함께 지켜봐 주세요. 《사춘기 대 갱년기》를 읽은 독자분이라면 묘하게 겹쳐 보이는 장면이 있을 거예요. 루나와 수호의 입장을 비교하며 흥미롭게 읽어 주시기를 바랍니다.

읽어 주셔서 감사합니다. 앞으로도 성실하게 쓰겠습니다.

노을이 아름다운 영종도에서,
제성은

늦둥이

내 이름은 김수호.

난 지금 인생에서 단 한 번뿐일 초등학교 5학년의 여름을 지나고 있다.

아, 잠깐만. 진짜 단 한 번뿐인 거 확실하지? 난 또⋯⋯ 하도 덥고 끈적거려서 '5학년'이라는 글자가 끈끈이 테이프로 내 볼에 철썩 붙은 줄 알았다. 영영 떨어지지 않을 것처럼 말이다.

덥기도 정말 징그럽게 덥다. 엄마가 여름이 되기 전부터 "징그럽게 덥다"고 할 때마다 난 그 말이 참 이상하다고 생각했다. 벌레한테 쓸 법한 '징그럽다'는 표현을 왜 날씨에 쓰는 건지 이해할 수 없었기 때문이다.

하지만 지금 이 계절을 겪어 보니 그 말이 무슨 뜻인지, 99.9퍼센트 이해한다. 정말 징글징글하다. 가만히 있어도, 숨만 쉬어도 더. 웠. 다! 온몸에 있는 땀구멍이 뻐끔거리며 활짝 열려 버린 그런 상황이랄까? 아, 나는 내 몸 곳곳에 온천이라도 생긴 줄.

요즘 날씨만큼 이상한 게 또 있다. 바로 나. 아니, 예전에도 이상했으니까 요즘 들어 '더' 이상하다고 해야 하나? 어쨌든 요즘 들어 더 이상해진 나는 하루에도 열두 번씩 생각이 바뀌었다. 어떤 때는 가만히 있는 게 좋았고, 어떤 때는 또 그게 싫었다. 이렇게 징그럽게 더운 날씨 때문에 가만히 있고 싶다가도, 무슨 변덕인지 가만히 있고 싶지 않았다. 뭐, 그건 나름의 이유가 있다.

농구에 꽂혔다. 아니. '꽂혔다' 같은 말로는 나의 열정을 제대로 표현할 수 없다. 숨을 쉬는 게 버거울 만큼 징글징글하게 더울 때도, 태양이 정수리를 홀라당 태워 버릴 것 같은 한낮에도, 나는 농구공을 바닥에 튕겼다. 그렇다. 난 머리카락보다 농구를 선택했다. 음, 그러니까 뭐랄까, 농구를 하지 않으면 숨을 쉴 수 없다고나 할까? 세상이 내게 허락한 유일한 숨 쉴 구멍, 그것이 바로 농구였다.

그래서일까? 키가 쑥 컸다. 아빠의 표현을 빌리자면, 자고 일어나면 콩나물처럼 쑥 자라 있었다. 나도 이런 내가 놀라웠다. 더위에 맞서 농구하는 멋짐을 뿜어내는 것으로 부족해, 키까지 크다니!

도대체 나는 내 몸 어디에 이 키를 숨겨 두었던 걸까? 처음에는 몸부림치며 자서 잠옷 바지가 쭉 올라가 있는 줄 알았다. 하지만 아니었다. 내 다리가 인정사정 보지 않고 쭉쭉 길어진 거였다. 하아, 어떻게 사람이 이럴 수 있지? 이렇게 멋진 나에게 취할 수밖에 없다. 이런 내 모습에 엄마는 내 엉덩이를 토닥이며 말했다.

"역시 우리 수호!"

'역시' 뒤에는 '긍정'의 말이 붙는다. 그래서 거기까지는 참을 수 있다. 하지만 이건 참아 줄 수가 없다.

"역시 우리 수호! 진짜 귀여워 죽겠어!"

지금 뭐라고요? 귀. 여. 워?

5학년이나 (처)먹은 나한테, 더워도 농구를 쉬지 않는 나한테, '귀엽다'고? '귀여워'라는 소리는 칠판을 손톱으로 긁을 때 나는 끼익 소리와 비슷하다. 진짜 비호감에, 우웩이다.

참아 줄 수 없는 행동은 시시각각 바뀌었다. '우리 수호'도 별로고, 엉덩이를 토닥이는 것도 정말 '극혐'이다. 꿀 떨어지는 눈빛 발사, 제발 이것도 그만하면 좋겠다.

> 끌 뚝뚝 눈빛 금지
> 우리 수호 금지
> 엉덩이 토닥토닥 금지

이렇게 세 항목을 큼직하게 써서 내 방문에 붙이고 싶은 심정이다.

언제부터 그런 말과 행동이 싫어졌냐고? 말하지 않았나. 생각을 하는 동안에도 생각이 바뀐다고. 그러니까 이건 오늘 아침에 일어났더니 그냥 싫어진 것들이다. 내가 그런 말과 행동이 싫다고 하면, 엄마와 아빠는 울어 버릴지도 모르지만 말이다.

주책맞고 과하게 아들 바보인 엄마와 아빠는 2002년 한일 월드컵 때 응원하다가 만났단다. 엄마와 아빠는 둘이 처음 만났던 날이자 우리나라가 월드컵 4강전에 올라갔던 그날을 평생 잊을 수 없다고 했다. 축구하다 만난 것도 아니고, 응원하다가 사랑에 빠진 게 뭐 그렇게 자랑이고 로맨틱한 일이라고. 엄마와 아빠는 4년에 한 번 월드컵이 개막할 즈음부터 그 이야기를 시작해서 우리나라 국가 대표 경기가 있을 때마다 반복했다. 정말 잊을 생각이 없을뿐더러 나와 누나의 두 귀에 새기기로 작정한 사람들 같았다.

어쨌든 월드컵에서 만난 두 사람은 긴 연애 끝에 결혼했다. 엄마는 아빠와 결혼하고도 회사를 계속 다니다가, 누나를 갖고 나서는 입덧이 너무 심해서 회사를 그만두었단다. 그때가 서른두 살이었고, 누나가 일곱 살이 될 즈음, 이제 다시 일을 슬슬 시작해 볼까 할 때 나를 가졌다. 그렇게 태어난 나는 우리 집안의 막내이자 늦둥이다. 늦둥이 소리를 얼마나 많이 듣고 살았는지 모른다. 참고로 우리 엄마는 한번 꽂히는 이야기는 주절주절 쉴 새 없이 반복하는 스타일이다. 앞서 밝힌 월드컵 러브 스토리처럼 말이다.

누나는 지금 온 집안을 숨도 못 쉬게 긴장시키는 고2이자 예비 고3, 한마디로 수험생이다. 나이 차이가 많이 나서 나를 예뻐할 거라고 생각하면 오산이다. 뭐, 한때는 그런 적도 있던 것 같다. 누나가 인형 놀이에 빠졌었을 때. 어린 나에게 화장을 해 주고 머리에 핀을 꽂아 주더니 사진을 찍곤 했단다. 누나 대신 언니라고 불러 주길 바라면서. 여동생이었으면 얼마나 좋았겠냐며 서운해하던 누나의 표정이 어렴풋이 떠오른다.

내가 조금씩 커 가자 누나는 은근히 나를 꼬집는가 하면 대놓고 밉다고 말했다. 나에게 관심 없는 듯 소 닭 보듯 하던 누나였는데, 고3을 코앞에 둔 요즘, 나를 보는 눈초리가

달라졌다. 게다가 누나는 기분이 극과 극을 오가며 널뛰었는데, 어떤 날은 천장이 뚫리도록 웃어 댔고, 어떤 날은 하늘이 무너진 듯 슬퍼했다. 기분이 좋은 날에는 책상 앞에 앉아 있다가, 기분이 나쁜 날에는 침대에 누워 있었다. 물론 기분 좋은 날보다는 나쁜 날이 압도적으로 많아 보였다. 공부한다는 핑계로 으스대기는 또 어떤지. 가족 간에 서열이 있다면 난 이럴 거라고 생각했다.

수험생 누나 >>>>>>>>>>>>> 다른 가족

지금까지는 그랬다. 하지만 미처 생각지 못한 복병이 있었다.

선전 포고

며칠 전 아빠가 내 정수리 냄새를 맡더니 인상을 확 쓰며 말했다.

"수호, 너 머리로 똥 누었니? 정수리에서 왜 이렇게 똥 냄새가 나? 이제 우리 아들도 뽀송뽀송한 아기가 아닌가 봐. 이런 게 바로 호르몬 냄새인가."

"아, 뭐래?"

나는 성질을 냈지만, 내심 찔렸다. 내 코에도 뭔가 퀴퀴한 냄새가 느껴졌다. 꿈꿈하고 무겁고 좀 찐득한 향기, 아니 잘 봐 줘야 냄새였다. 쉰내라고 하기에는 3퍼센트 부족하고, 구린내라고 하기에는 2퍼센트 부족한, 아빠 말대로 달리 표현할 수 없는 유사 똥냄새. 그런 냄새가 내 머리에서, 아니 내 몸 곳곳에서 나고 있었다!

"씻어라, 좀!"

엄마 말투에서 짜증 지수가 최고로 올라간 것이 느껴졌다. 만날 귀엽다고 하더니, 오늘은 왜 저렇게 퉁명스러운지 모르겠다. 난 대꾸하지 않았다. 목마른 사람이 우물을 판다더니, 엄마는 우물을 파 놓고 내가 순순히 와서 씻기를 기다리듯 말했다. 지금이 아니면 안 된다는 듯이.

"왜, 엄마가 씻겨 줘?"

"아, 됐어!"

나는 소리를 꽥 지르고 말았다.

"왜 화를 내고 그래? 목욕시켜 줄게."

얼마 전 엄마가 지나가는 말로 "목욕시켜 줄까?"라고 물었을 때는 "내가 몇 살인데, 목욕을 시켜 줘!" 하고 대수롭지 않게 받아넘겼다. 그런데 오늘은 정말 소름이 끼친다. 내 몸을 누가 본다니, 그것도 여자가? 정말 용납할 수 없는 일이다. 하물며 내 커튼 같은 앞머리를 톡톡 건드는 것마저도 탁 치고 거부할 판인데. 나를 씻기겠다니!

물론 이렇게 더더욱 질색하는 데는 다 그럴 만한 이유가 있다. 아직 누구에게도 말한 적 없지만, 나에게 꽤 중대한 문제가 생겼기 때문이다. 여름 내내 키가 쑥 크더니 살이 좀

빠졌고, 여드름이 생기기 시작했으며, 무엇보다…… 털이 났다.

분명히 얼마 전까지만 해도 뽀송한 솜털뿐이었던 것 같은데, 일부러 들여다보지 않고서는 볼 수 없는 자리에 털이 삐죽 나 있었다. 나도 모르는 사이에 일어난 이 갑작스러운 변화가 얼마나 신경 쓰이는지 아무도 모를 거다. 아빠도, 엄마도 내가 '이 지경'이 된 것을 알 리 없으니까. 그러니 "목욕시켜 줄까"라는 택도 없는 말에 짜증이 솟구치는 건 당연하다. 나는 없던 우물을 내 손으로 파고 들어갈 기세로 욕실로 뛰어 들어갔다.

'쾅' 소리가 나게 문을 닫은 다음, 변기 커버를 내리고 앉아 있는데 문밖에서 소리가 들렸다.

"아이고, 그분이라도 오셨나! 왜 저래?"

나도 안다. 여기서 '그분'이란 당연히 사춘기를 말했다. 한동안 엄마는 사춘기라는 말이 무슨 유행어라도 되는 듯이 말끝마다 사춘기, 사춘기 했었다. 언제 사춘기 오냐? 언제 사춘기가 와서 엄마랑 떨어지냐? 사춘기 오면 엄마한테 소리 지르겠지? 같은 말들을 하면서 말이다.

'제발 그런 소리 좀 그만해.'

반항심과 거친 말이 뒤섞여 목구멍까지 차올랐지만, 다행히 목구멍 밖으로 나가지는 않았다. 나는 지금 그런 말을 할 때가 아니다. 속옷 속에 숨겨 둔 털 때문에 신경이 곤두서 있었다. 그게 바로 내 짜증의 원인이었다. 아, 이런 게 바로 사춘기라서 그런가?

나도 하루에 열두 번은 이랬다저랬다 하는 내 상태가 헷갈릴 지경이었다. 사춘기가 아직 안 온 건가? 아니면 온 건가? 온 것도 같고 안 온 것도 같아서 나도 알 수가 없었다. 버스에 올라타 카드를 대면 '초등학생입니다'라는 소리 대신 '사춘기입니다'라고 알려 주면 좋겠다는 생각마저 들었다······ 가도, 그런 말이 나온다면 진심 극혐일 거다. 만에 하나 그런 일이 생긴다면 목적지까지 다섯 정거장이 넘더라도 버스는 절대 안 타고 걸어만 다닐 거다. 아니다, 뭐 하러! 귀찮으니까 아예 집에서 안 나갈 거다.

그렇게 내 털의 존재와 냄새의 근원, 그리고 그것을 만들어 낸 그분, 사춘기를 봉인하고 지내던 어느 날, 엄마가 나와 아빠를 소파에 불러 앉혔다. 누나는 공부하러 스터디 카페에 가서 집에 없었다. 사실 누나는 거의 잘 때만 집에 있어서, 있으나 없으나 별 차이가 없었다.

엄마는 짐짓 심각한 표정을 짓더니, 아빠와 나를 번갈아 바라보았다.

"드디어 왔어."

나는 침을 꼴깍 삼켰다. 사춘기라는 사실을 절대 밝히고 싶지 않아 하는 것이 사춘기의 법칙이라고 어디선가 들은 적이 있다. 그런데 내가 사춘기라는 사실을 엄마가 먼저 발설할 것만 같아서 짜증이 벌컥 났다.

"아, 그런 이야기를 왜 해!"

"김수호, 조용히 해 봐."

엄마는 심각한 표정이었다.

"아니, 왜 그런 말을 하냐고!"

내가 버럭 화를 내자 도리어 엄마가 나를 노려보는 게 아닌가. 나는 뭔가 잘못됐다는 걸 감지했다. 잘못되어도 한참 잘못되었다. 벌겋게 달아오른 엄마의 표정은 내가 초점을 다른 곳에 잡고 있다는 걸 말하는 듯했다. 그 순간까지 나는 너무도 당연히 엄마가 내 이야기를 하는 줄 알았다. 엄마가 말한 '그분'이 사춘기이며, 우리 막둥이에게 드디어 사춘기가 왔다고 말하는 줄 알았다. 그런데,

"그분이…… 왔어."

엄마가 다시 한번 그분을 언급하자, 아빠는 영문을 모르겠다는 듯 눈알을 굴리며 물었다.

"누가 오기로 했어? 아직 아무도 안 온 것 같은데?"

평소에도 눈치가 없다는 평을 듣는 아빠였다. 엄마는 미
간을 찌푸린 채 말했다.

"나, 갱년기라고."

엄마가 쏘아 올린 '갱년기'라는 단어는 우리 집을 금세 얼

어붙게 했다. 순간 나는 엄마가 〈겨울왕국〉의 엘사인 줄 알았다. 말 한마디로 주위를 얼어붙게 만드니 말이다.

난 정말 궁금했다. 그 생소한 세 글자의 단어가 그렇게 위력적인지. 그래서 앞뒤 묻지도 따지지도 않고 되물었다.

"갱년기가 뭔데?"

나는 엄마를 바라보며 태평하게 물었다. 엄마가 나를 멀뚱히 바라보았다.

"수호 너, 갱년기가 뭔지 몰라?"

"아, 그, 그렇지. 수호는 모를걸?"

아빠가 나 대신 대답했다.

"안 가르치고 뭐 했어?"

엄마가 쏜 화살은 순식간에 나에게서 아빠에게로 날아갔다. 무슨 과녁이라도 뚫는 줄.

"나도 거기까진 생각을 못 했지. 당신이 이렇게 느닷없이 선전 포고 할 줄 알았으면 인터넷에 뭐라고 설명할지 검색해 볼걸! 그래서 가르칠걸!"

엄마는 한숨을 훅훅 내쉬었다. 그러더니 손부채질을 연신해 댔다.

"그놈의 걸, 걸, 걸. 도대체 언제까지 모를걸, 해 볼걸, 가르칠걸이라고 후회만 할 거야? 그런 말 할 시간에 지금 당장

하면 되잖아. 아, 더워. 더워!"

"당신이 그렇게 더웠으면 진작 에어컨 온도 더 낮춰 놓을걸……."

아빠가 에어컨 리모컨을 만지작거렸다. 엄마는 화가 더 올랐는지 얼굴이 붉어졌다.

"수호야, 갱년기는 말이지. 어른들의 사춘기 같은 거야. 나이가 들어서 몸도 마음도 아프고, 힘들어지고, 시도 때도 없이 덥고, 짜증도 나는 그런 거야."

아빠가 부산스레 에어컨 온도를 낮추며 내게 말했다.

"어른들의 사춘기……?"

그 문장을 온전히 이해하자마자 깨달았다. 엄마가 선수를 쳤다는 사실을.

교실에서 아이들이 말하는 걸 어렴풋이 들은 적이 있다. 사춘기랑 갱년기가 싸우면 갱년기가 이긴다는 그런 말. 처음에는 그 말뜻을 이해하지 못했다. 사춘기와 갱년기가 맞서 싸운다니, 그게 무슨 헛소리인가 싶었다. 사춘기건 갱년기건 엄마와 아들이 싸우다니. 난 감히 상상조차 할 수 없었다. 그런데 그 대결이 나에게 닥쳐 올 줄이야. 그리고 싸우기도 전에 내가 지는 싸움이라고 답이 정해져 있을 줄이야!

'안 돼!'

더 늦기 전에, 제대로 싸워 보지도 못하고 지기 전에, 나도 밝혀야 했다. 내가 말수가 줄었다지만 — 물론 '이 지경'이 되어 버려서 더 그렇기도 했지만 — 난 이쯤에서 말해야 했다. 입이 근질근질해서 도저히 참을 수가 없었다.

"엄마, 아빠……."

그때까지 아빠에게 폭풍처럼 잔소리를 퍼붓던 엄마는 얼굴이 시뻘겋다. 엄마의 폭풍을 고스란히 몸으로 맞은 아빠는 '어휴, 아무 말도 하지 말걸' 하는 말을 하고 싶지만, 목구멍에서 꽉 막은 듯 답답하다는 표정으로 나를 바라보았다.

"나도 할 말 있어요."

아빠가 활짝 웃었다.

"그래, 수호야. 오늘따라 네가 나의 수호천사 같구나. 껄껄."

엄마는 또다시 아빠를 휙 노려보았다.

"뭔데? 말해 봐."

막상 멍석이 깔리자, 이 말을 할까 말까 하는 생각이 어림잡아 4,999회 정도 오락가락했다. 엄마는 답답해서 죽겠다는 표정을 지으며 잠자코 있다 이제 더 이상 참을 수 없다는 듯 소리쳤다.

"왜 말 안 해! 답답하게!"

아니, 정말! 엄마 목청 때문에 집 천장이 날아가는 줄 알았다. 어쨌거나 엄마의 재촉에 떠밀려 내가 하고 싶었던 그 말, 감추고 싶었던 그 말을 내지르고야 말았다.

"저, 사춘기예요!"

아빠는 생각을 하지도 않고 박수부터 냅다 쳤다.

"오, 축하한다."

난 영문을 알 수 없었다. 이게 맞아? 지금 축하받는 게 맞아? 그때였다. 엄마가 박수 치는 아빠의 두 손을 붙잡았다.

"여보, 쟤 사춘기 온 거 몰랐어?"

"하아, 긴가민가했지. 내가 먼저 물어볼걸."

"또! 또! 그놈의 걸! 딱 보면 몰라? 사춘기 온 걸?"

나는 속으로 드립이 생각났다. '오! 엄마, 걸 크러쉬네.' 하지만 지금 말했다가는 욕을 바가지로 먹을 것 같아서 웃음을 꾹 참았다. 엄마는 한숨을 훅 내쉬며 말했다.

"잘 들어, 김수호. 우리 집은 사춘기는 취급 안 해. 너희 누나는 사춘기 없이 지나갔어."

아빠도 옆에서 그랬다.

"그래, 수호야. 넌 어쩜 그렇게 나를 쏙 닮아서 눈치가 없냐. 내 말은 그러니까, 사춘기가 하필이면 엄마 갱년기에 맞춰서 왔냐, 이 소리야!"

눈치 없는 아빠는 엄마 눈치만 연신 살피고 있었다.

"아, 진짜라고! 진짜 사춘기가 왔다고! 사춘기가 엄마 눈치 보고 오는 기야? 지금 온 걸 나보고 어쩌라고!"

두 손을 불끈 쥐고 말해 봤자였다.

"그.만.해.라."

엄마는 복화술 하는 사람처럼 입술을 전혀 움직이지 않은 채 말했다. 하지만 그게 뭐, 나도 질 수 없었다. 눈에 힘을 빡 주고 입을 있는 대로 크게 벌리며 외쳤다.

"그만하긴 뭘 그만해! 나 정말 사춘기 세게 온 것 같다고!"

"아이고, 어쩌다! 살살 오면 좋았을걸……."

아빠는 불난 집에 부채질을 했다.

"오, 그래. 사춘기가 세게 왔다고? 좋아, 네 사춘기가 이기나, 내 갱년기가 이기나 두고 보자."

엄마는 승부욕이 별로 없는 내게 결투를 신청했다. 나는 싸우기도 전에 진 기분이었지만, 싸워 보지도 않고 지기는 싫었다. 그래서 다짐했다. 엄마와의 결투를 받아들이겠다고! 그렇게 사춘기 대 갱년기라는 전쟁이, 우리 집에서도 시작되었다.

지는 싸움

　사춘기 대 갱년기라는 전쟁은 한판 승부로 끝날 일이 아니었다. 전쟁은 사소하게 발발하였고, 휴전했다가도 다시 전쟁을 반복했다. 전쟁이 언제 끝날지 알 수 없는 상황에서 나에게 바람이 생겨났다.

　한 번이라도 좋으니 엄마를 이겨 보고 싶다. 이런 바람을 갖게 된 데는 이유가 있다. 사춘기 대 갱년기 전쟁 때마다 지고 말았기 때문이었다. 백전백패랄까. 내 사춘기는 엄마의 갱년기 때문에 멸망하기 일보 직전이었다. 도대체 언제 이길 수 있을지 도무지 가늠이 되지 않았다. 나는 아빠를 닮아서 눈치가 없었으나, 사춘기만큼은 나를 안 닮았는지 눈치를 어지간히도 봤다. 뭐, 제풀에 꺾여 알아서 지는 느낌이랄까.

요즘은 엄마가 '갱년기'라는 말을 내뱉을 때마다 숨이 꽉 막히는 기분이었다. 더 이상 예전의 우리 집 같지 않았다. 엄마가 내 엉덩이를 토닥이는 끔찍한 행동도 사라졌다. 물론 다행이었지만, 한편으로는 찜찜했다. '우리 수호'라는 호칭도 그랬다. 온몸에 닭살이 오소소 돋아서 금지어로 생각했으나, 막상 더는 듣지 못하니 허전하다고나 할까.

어쨌든, 방학 내내 사춘기 대 갱년기 전쟁이 일어나니 나는 하루빨리 개학 날이 오길 바랐다. 엄마의 밑도 끝도 없는 잔소리 폭탄과 나를 표적 삼아 쏘아 대는 '같은 말 반복'이라는 총알을 견디는 건 꽤나 힘든 일이었으니까.

하지만 오늘 문득 이런 생각이 들었다. 전쟁이 지금처럼 계속된다면, 승리의 여신이 한 번쯤은 내게 손짓하는 날이 오지 않을까? 엄마의 갱년기 공격에 대항하고 싶었다. 전투력을 높이려면 어떻게 해야 할까 고민하다가, 방법을 떠올리고 행동에 옮겼다. 나는 평소 줄였던 말수를 아주 확 줄이고 무시하는 전법을 폈다.

오늘도 엄마가 들이닥쳤다. 엄마가 방에 들어온 그 순간부터 짜증이 났는데, 컴퓨터 게임 하는 걸 뻔히 보고서도 말을 시키니 더 최악이었다.

"너 곧 개학하는데, 방학 숙제 없어?"

"몰라(몰랐다)."

"왜 몰라? 네가 모르면 누가 알아?"

"모르지(정말 몰랐다)."

"엄마한테 반항하냐?"

"몰라(정말 정말 몰랐다)."

그다음부터 엄마의 목소리가 들리지 않았다. 당연하다. 엄마가 아무 말도 안 했기 때문이다. 왜 한마디도 안 하는지 의아해하다, 불쑥 이런 생각이 들었다. 내가 너무 몰랐나? 그런데 왠지 모르게 방 안 공기가 후끈거렸다. 슬쩍 고개를 돌리니 엄마 정수리에서 연기가 폴폴 올라오는 것 같았다. 눈을 의심하던 찰나, 등짝이 얼얼해졌다.

"아, 아파!"

"너, 엄마한테 존댓말 써."

"아, 왜 때리…… 셔!"

"또박또박 말대꾸하지 말고!"

"아, 왜…… 요!"

아차, 말수를 줄이겠다는 다짐을 잊고 대답해 버렸다.

"게임도 그만!"

이건 나도 양보할 수 없었다. 솔직히 말해서 게임 말고는 딱히 할 일이 없었다. 학교에 가지 않으니 남아도는 게 시간이었다. 그래서 그냥 게임을 좀 했을 뿐인데, 그것 갖고 저렇게 폭발하니 어이가 없었다.

한때 엄마는 참고, 참고, 또 참았다. '참을 인'을 세 번 새기고 나서야 행동으로 옮겼다. 하지만 엄마의 그런 생각과 모습도 갱년기라는 녀석이 집어삼킨 것만 같았다. 이제는 엄마의 입에서 '참을 인'은커녕 '참'의 치읓도 새기지 않은 거센 표현들이 마구잡이로 날아왔다.

"컴퓨터 갖다 버린다!"

엄마가 코드를 확 뽑아 버렸다. 하필이면 이기고 있는 순간에! 나는 목청껏 소리를 빽 질렀다.

"아, 왜!"

나는 의자에서 벌떡 일어났다. 내가 듣기에도 내 목소리가 너무 컸지만, 분노 에너지가 가득 차서 어쩔 수 없었다.

"아, 진짜!"

나는 방 밖까지 엄마의 등을 두 손으로 밀어낸 다음, 문을 '쾅' 소리가 나게 닫았다. 내가 이 정도로 화가 났다는 걸 보여 주고 싶었다. 엄마는 몇 번이고 방문을 두드리다가 "이놈의 자식"이란 말을 끝으로 사라졌다. 이번만큼은 나의 완벽한 승리였다.

'쳇, 갱년기 별거 아니네.'

다시 의자에 앉아 컴퓨터 전원을 켜려고 몸을 살짝 구부렸다. 그런데 인생은 마음대로 안 된다더니, 하다못해 대장조차 내 뜻대로 되지 않았다. 믿는 신은 없지만 신이 원망스러웠다. 신이시여, 이거 너무한 거 아닙니까? 이 타이밍에 왜 급똥 신호를 주시나요. 중요한 결투 중에 느닷없이 응가 신호라니, 이 무슨 망할 타이밍이란 말인가.

'미치겠네⋯⋯.'

문제는 화장실이 내 방에서 제일 멀다는 거다. 아무리 그래도 반항한다고 화장실을 안 갈 수는 없지 않나. 꾸르르륵. 배에서 요동을 쳤다.

'아, 더 이상은 못 참아.'

지금 이 순간, 엄마가 화장실을 가로막고 나에게 사과하라고 한다면, 백 번이고 천 번이고 미안하다고 말할 수 있을 만큼 배 속 사정이 다급했다. 나의 승리를 불과 몇 초도 누리지 못하다니.

'에잇!'

나는 소가 투우사에게 돌진하는 것처럼 방문을 벌컥 열고 후다닥 뛰었다. 엄마를 만나면 들이받을지도 모를 정도였다. 다행히 엄마는 보이지 않았다. 나는 무사히 화장실로 들어갔다. 정말 살 것 같았다. 볼일을 마치고 나오는데, 엄마가 화장실 문 앞에서 나를 째려보며 말했다.

"짐승이야, 산적이야? 손톱 좀 자르고 그놈의 머리도 좀 잘라."

화장실 갈 때와 나올 때 다르다더니. 화장실에 무사히 갈 수만 있다면 모든 걸 굽힐 듯했던 나의 마음은, 화장실에서 나오자마자 확 바뀌었다. 왜 그런지, 난 엄마의 말꼬리를 붙잡고 싶었다.

"끔찍하기도 하지. 어떻게 머리통을 자릅니까?"

"장난해? 머리카락 자르라고."

엄마는 아까의 패배를 만회하려는 듯 새로운 싸움을 걸어 왔다. 방금도 다 이긴 걸 급똥 때문에 망쳤으니, 승리를 위한 필승법이 필요했다. 이렇게 마주친 이상, 평소보다 더 뺀질대서 엄마를 두 손 두 발 들게 할 수밖에 없었다.

"아니 되옵니다."

"커튼이야? 머리를 그렇게 덮으면 이마에 여드름만 더 생긴다고."

"한 올 한 올이 소중하옵니다."

"신체발부 수지부모˙라는 거야?"

신체발부 수지부모(身體髮膚 受之父母) 몸과 머리카락, 피부는 부모에게서 물려 받은 것이므로 소중히 여겨야 한다는 의미의 고사성어.

"수지부모요? 저는 수지 님 부모님이 누군지 몰라요."

"야, 이 멍청한 자식아!"

"아니, 어떻게 그런 심한 말을!"

"김수호, 엄마 또 폭발하는 거 보고 싶어?"

또다시 치솟았다, 엄마의 화가.

나는 하마터면 '아니요. 아니요. 그렇지만 내 머리는 내 것. 엄마 머리는 엄마 것. 내가 엄마보고 머리 자르라고 하면 엄마는 좋겠어요?'라고 하려다 멈칫했다. 길고 장황한 문장보다 짧고 임팩트 있는 단어가 필요한 시점이었다. 그래서 나도 모르게 이런 말을 내뱉었다.

"에이씨!"

나는 학원 가방만 챙겨 후다닥 나와 버렸다. B만 빼놓고 내뱉은 알파벳 — 이라고 하자 — 은 엄마의 화를 돋우는 데 꽤 효과적이었다.

"뭔 씨? 이놈의 자식이!"

엄마는 고래고래 소리를 지르며 폭발했다. 불똥이 어느새 내 옷차림에까지 튀었다.

"검은 옷도 그만 좀 입어! 네가 어둠의 자식이야? 그렇잖아도 더운데, 너만 보면 더 더워서 말라비틀어질 것 같아!"

엄마는 그 말을 하면서도 나를 붙잡지 않았다. 아니, 오히려 제발 나가라고 빌고 또 비는 사람 같았다. 그 순간 물밀 듯이 이런 감정이 밀려들었다.

서운함이라기보다는 시원함. 찜찜함이라기보다는 개운함. 뭐야, 나 래퍼 할까? 왜 이렇게 라임을 잘 맞추지? 크~ 나한 테 자꾸 취한다.

엘리베이터에 붙어 있는 거울을 보았다. 앞머리가 이마에 딱 달라붙어, 눈을 거의 가리고 있었다. 선글라스 같달까? 그런데 그 모습이 꽤나 세 보여서 마음에 들었다. 그래서 머리를 자르지 않기로 다시금 다짐했다. 게다가 지금 와서 자르면, 엄마는 자기 잔소리 덕분이라고 생각할 게 뻔했다. 그건 곧 내가 졌다는 뜻과 다르지 않다. 그렇게 둘 순 없었다.

이어 엘리베이터 문에 반사된 나의 검은 옷이 눈에 들어왔다. 엄마가 그렇게 트집을 잡았어도, 난 정말이지 알록달록한 옷은 입고 싶지 않다. 당연하지 않은가. 알록달록한 옷은 나를 담기에는 너무 다채롭다. 난 단순하니까! 나를 나답게 표현해 주는 것은 단조롭고 깔끔한 검은색뿐이다. 어둠의 자식이라고 불릴지언정 말이다.

여름이고 겨울이고 언제나 내 발을 감싸 주는 건 슬리퍼면 충분하다. 이렇게 나만의 스타일을 만들어 가고 있는데, 엄마가 굳이 참견할 문제는 아니라고 본다. 나는 속으로 구

시렁거리며 아파트 놀이터 쪽으로 향했다.

텅, 터엉, 터어엉.

텅 빈 놀이터에 울리는 그 소리는 분명히 농구공 튕기는 소리였다. 그걸 내가 못 알아들을 리가 없다. 나는 농구 코트로 성큼성큼 걸어갔다. 머리를 높이 묶고 키가 나만 한 여자아이가 농구공을 튕기고 있었다.

'누구지?'

처음 보는 여자아이였다. 내가 멀뚱멀뚱 쳐다보니, 나에게 말을 걸어 왔다.

"같이 할래?"

그 아이는 소리를 많이 질러서 목이 쉰 것 같았다.

"농구를 같이 하자고?"

어이가 없었다. 나 참, 내 상대가 되나? 뜨거운 태양 아래서 정수리 허물이 벗겨질 정도로 농구를 한 나에게 도전장을 내밀다니. 나는 가뿐하게 그 아이에게서 공을 빼앗아 바닥에 통통 튕기며 드라마 속 주인공처럼 말했다.

"울지나 마라."

그 뒤에 '꼬맹이'라고 덧붙이고 싶었지만 나이가 나랑 비슷해 보였으므로 그 말은 생략했다. 어찌 됐든 나는 여유롭게 농구 골대로 공을 던졌다. 공이 공중에서 포물선을 그리며 그물망으로 들어가려는 순간, 그 아이가 공을 탁 내리쳤다. 그러고는 빠르게 낚아채더니 그대로 그물망에 꽂아 넣는 게 아닌가!

헐, 지금 내 눈앞에서 무슨 일이 일어난 거지? 나는 다시한번 공을 잡고 슛을 날렸다. 이번에도 그 아이가 높이 뛰어

올라 공중에서 공을 확 내리쳤다. 뭐야, 점프력이 어마어마
하잖아.

내가 입을 다물지 못하는 사이, 그 아이가 공을 드리블해
그물망에 쏙 집어넣었다. 공이 '텅' 소리를 내며 바닥에 떨어
졌다. 그 아이가 공을 주워 들고 내 옆을 지나갔다. '울지나
마라.' 내가 했던 그 말이 나를 비웃듯 귓가를 맴돌았다.

"야! 야!"

내가 몇 번이나 불렀지만, 그 아이는 대답은커녕 앞만 보
며 걸었다.

"야, 같이 하자며! 너만 했잖아! 야! 야! 다시 해!"

나는 조금 창피했지만 꿋꿋하게 외쳤다. 아니, 같이 하자더
니 왜 혼자만 재미있게 놀다 가는데! 내가 뭐, 벽인가? ─ 완
벽이긴 하지만 ─ 나를 그냥 세워 두고 저 혼자 즐기다 가는
그 아이를 보고 있자니, 자존심이 상하고 성질이 나서 꽥꽥
소리를 질렀다. 하지만 그 아이는 돌아보지도 않고 손만 좌
우로 흔들었다.

이건 운명이야

그날 이후로도 엄마와 몇 차례 더 결투를 벌인 끝에, 짧지만 더디게 흘렀던 여름 방학이 끝났다. 그리고 5학년 2학기가 시작되었다. 엄마와 함께 있기 불편해서 기다리고 또 기다렸던 2학기인데, 왜 기대하는 일에는 꼭 마*가 낄까. 첫날부터 이마와 볼에 왕 여드름이 생겼다.

'망했다.'

머리카락으로 가릴 방법을 연구하다가 그만두었다. 볼에 난 대왕 여드름은 도무지 가려지지 않았다. 결국 절망스러운 심정으로 학교에 갔는데, 아이들이 나를 보더니 흠칫 놀

마 일이 잘 안 풀리게 만드는 나쁜 기운이나 방해 요소.

라며 힐끔힐끔 쳐다보았다. 수군대던 아이들 중 누군가가 크게 외쳤다.

"와, 너 김수호 맞아?"

우리 반에서 말이 어마어마하게 많기로 유명한 강준수였다. '그럼 김수호지, 긴수호겠냐'라고 대답하려다가 센 척하려고 한쪽 입꼬리만 올리며 웃었다.

"너 키가 왜 이렇게 컸어? 전에는 나랑 비슷했는데."

이번에도 난 '후훗' 하고 웃기만 했다. 그 순간 나의 2학기 콘셉트가 결정되었다.

우수에 젖은 멜로 눈빛의 맹수.

이게 바로 내 2학기 콘셉트다. 맹수처럼 세 보이면서, 한편으로는 아른거리는 멜로 눈빛을 갖기 위해서는 말을 많이하는 건 금물이다. 그런데 콘셉트를 정하자마자 조금 먹힌걸까? 나를 바라보는 아이들의 시선이 달라졌다.

특히, 이루나! 이루나는 1학기 때 나와 짝을 했던 여자아이다. 왼쪽인지 오른쪽인지 볼에 점이 있는 여자애 — 처음에는 점이 아니라 김인 줄 알고 떼어 줄 뻔했다 — 인데, 평소에도 눈을 게슴츠레 뜨고 아무렇지도 않게 엉뚱한 말을 내뱉는다.

"김수호? 아, 안녕?"

이루나의 시선이 심상치 않다. 하긴 내가 좀 괜찮아야지 말이다.

그렇게 아이돌 그룹 비주얼 담당 포지션에 빙의한 듯 나에게 취해 있는데 대뜸 이루나가 말했다.

"대박, 엄청 커."

'엥, 이게 무슨 소리? 엄청 커? 뭐가?'

그 순간, 뇌리를 스치는 볼에 난 대왕 여드름이란 존재.

"아, 그렇게 커?"

아, 또 망했다. 나는 볼을 살짝 가렸다. 이루나가 자꾸 쳐다보았다. 하아, 쟤는 왜 저렇게 쓸데없이 관찰력이 좋은지 모르겠다. 그냥 멋진 것만 알아보고 말 일이지, 굳이 여드름 크기까지 가늠해 봐야 하나. 이루나는 피부과 의사 선생님이라도 된 듯 나를 계속 뚫어져라 보았다.

'제발 그만 좀 쳐다봐라. 네 눈으로 레이저 쏴서 내 여드름 터뜨려 줄 거 아니면.'

솔직히 여드름이 엄청 크다는 말을 듣는 순간, 김이 팍 샜다. 난 키가 큰 것만 보일 줄 알았는데!

그래도 이마에 난 여드름은 가릴 수 있어 다행이었다. 엄마 말을 듣지 않고 앞머리를 기르고 기르고 기른 덕분에 이마를 완벽히 가릴 수 있었다. 앞머리는 이마에 난 여드름을

가리는 일종의 커튼이었다. 물론 부작용으로 앞이 잘 보이지 않아 가끔 벽에 부딪히는 게 문제지만 말이다. 이런 잡생각을 하는 사이, 선생님이 교실로 들어오셨다.

"너희들, 키가 많이 큰 것 같은데? 키 좀 재 볼까?"

선생님은 복도에 나가 줄을 서 보라고 했다. 선생님이 고마웠다. 1학기에 똑같은 말을 들었을 때는 '내 키는 땅에서 재면 가장 작지만, 하늘에서 재면 가장 크다'고 되뇌며 마음을 달랬었는데, 이번에는 강준수와 앞뒤로 서 있다가 계속해서 뒤로 뒤로 뒤로 물러났다.

"어, 내가 더 크네?"

나는 최대한 목소리를 낮게 깔고 말했다. 변성기로 낮아진 목소리는 폼 잡기에 제격이어서, 조금 더 깔아 보았다.

어쨌거나 나는 뒤로 뒤로 뒤로 물러났다. 그 뒤로도 뒤로 뒤로 뒤로 물러난 나는 결국 나에게 취해 버렸고, 급기야 런웨이를 걷는 모델처럼 복도를 걸었다. 다른 반 아이들까지도 구경하듯 쳐다보았다. 더 멋지게 어깨를 쭉 펴고 머리카락으로 눈을 가린 채 걷고 있는데, 갑자기 무언가에 부딪혀 눈앞이 번쩍했다. 정신을 차리고 보니, 어디선가 본 적 있는 여자애가 내 앞에 서 있었다.

보름달처럼 둥근 그 애의 얼굴을 보자 농구공이 떠올랐

고, 농구공이 떠오르자 지난번에 나와 농구하던 아이라는 걸 깨달았다.

"너는⋯⋯!"

갑자기 눈이 부셨다. 이건 눈앞이 번쩍했던 충격 때문이 아니었다. 운명적인 사람을 만나면 후광이 비치고, 그 사람만 보인다는 말을 들은 적이 있다. 나는 그 말이 무슨 헛소리냐며, 그 사람의 이마가 반질반질했거나 근처에 반사판이 있었던 거 아니냐며 믿지 않았다. 하지만 지금 이 순간, 그 말을 확실히 믿게 되었다.

입까지 벌리고 멍하니 생각하다 정신을 차리자, 그 아이는 이미 복도에서 사라지고 없었다.

"김우재, 쟤 이름 뭔 줄 알아?"

난 내 앞에 있던 우재를 붙잡고 물었다.

"누구?"

"아까 나랑 부딪힌 애."

"아, 안래나? 6반 전학생이잖아."

"안, 래, 나……."

난 이름을 곱씹고 또 곱씹었다. 래나. 이름이 참 특이했다.
아니, 특별했다. 이 순간부터 절대로 까먹지 않을 것 같았다.
내 가슴 속에 확 새겨 버릴 참이었으니까.

'왜 자꾸 보고 싶지?'

그때, 우재가 손바닥을 내 얼굴 앞에서 흔들어 댔다.

"보이냐?"

"어? 보여."

"너 지금 바보 같아."

"바보?"

"완전 바보."

그런데 이상했다. 바보 같다는 그 말이 하나도 기분 나쁘
지 않았다. 바라보고 또 바라봐도, 보고 싶다.

나에게 '바보'란 그 말의 줄임말이었다.

짝사랑 대 첫사랑

집에 들어갔더니 엄마가 없었다.

"나이스! 너무 좋고!"

엄마가 없으면 솔직히 편하다. 옛날에는 엄마가 없으면 불안했는데, 그건 다 철없던 코찔찔이 시절 이야기다. 엄마가 없으면 나는 소파에 앉아서 과자도 먹을 수 있다. 엄마는 소파에 뭔가를 흘리면 잔소리 폭탄을 투하했기 때문에, 엄마가 있으면 절대로 할 수 없는 행동이었다. 과자 부스러기가 소파에 떨어져도 나는 계속해서 과자를 와그작와그작 씹어댔다. 과자를 씹을 때마다 '와삭' 하는 소리 대신 '래나'라는 이름이 자꾸만 내 귓가를 때렸다.

"래나…… 래나."

나는 과자 먹던 손을 씻지도 않은 채 스마트폰을 만지작 거렸다. 그러다 카톡에 들어갔는데, 작년에 같은 반이었던 김민지의 프로필 사진이 바뀌어 있었다.

"어?"

프로필 사진 속 김민지 옆에 있는 여자애는 분명히 안래나였다. 나는 사진을 크게 확대해 보았다. 확실했다. 그러고 보니 김민지가 6반이었지. 둘이 꽤 친한 사이인가?

이제 와서 작년에 김민지와 친하게 지내지 못한 게 몹시 후회되었다. 친하게 지내지 못한 정도가 아니라, 말 한마디 나눠 본 적이 없었다. 그런 애한테 뜬금없이 연락해서 안래나의 연락처를 알려 달라고 할 수도 없고. 어느 학원에 다니는지 물어보는 것도 좀 쑥스러웠다. 속이 훤히 보인달까? 다른 반이라는 장벽이 그 기본 정보를 알아내는 데 문제가 될 줄 몰랐다.

"으, 진짜 모르겠다."

나는 소파에 다시 누워 버렸다가, 갑자기 기력이 솟구쳐 벌떡 일어났다. '그냥 내일 학교에서 보면 되지' 하는 긍정의 힘이 나를 일으켰다. 그래서 스마트폰으로 신나게 게임을 했다. 그때, 현관문 열리는 소리가 들리더니 엄마와 누나가 함께 들어왔다.

"어, 뭔데?"

나는 누나를 보고 물었다.

"김수호, 누나한테 '뭔데'가 뭐야?"

누나가 나를 잡아먹을 것처럼 노려보았다.

"아, 왜?"

엄마는 들어오자마자 냉장고 문을 열더니 물을 벌컥벌컥 들이켰다.

"으, 속이 탄다, 속이 타."

"왜?"

나는 엄마를 보고 되물었다.

"말 시키지 마."

"왜?"

"그놈의 '왜' 좀 그만해라!"

엄마가 단호하게 말했지만, 궁금증을 참을 수가 없었다. 그래서 조금 다르게 변형해서 물었다.

"와이?"

그 순간, 소파 끝에 있던 쿠션이 나에게 날아왔다.

"눈치 챙겨, 김수호. 엄마 저기압인 거 몰라?"

누나였다. 내가 물어보는 건 대답도 하지 않고 알 듯 모를 듯한 말만 하니, 내가 안 궁금해하고 배기나. 도대체 왜 그러

는지 대꾸해 주지도 않으면서 가만히 있으라는 건 무슨 매너람?

"아, 왜? 와이!"

엄마는 물을 벌써 몇 잔째 들이마시더니 물컵을 식탁에 '탁' 소리나게 내려놓았다.

"너희 누나, 진로 상담하고 왔어. 내가 소고기 1등급만 사 먹였는데……."

나는 엄마의 말에 침묵해야 했다. 하지만 '왜'라고 묻는 것만 안 하면 된다고 생각해서 호기심 버튼을 누르고야 말았다.

"왜? 누나 대학 못 간대?"

누나가 입꼬리만 씩 올리며 나를 보더니 말했다.

"김수호, 상담 선생님이 그러는데 초등학교 4학년 때 정신 차려야 '스카이'를 가고, 중3 때 정신 차려야 '인서울'로 대학 간대. 고2 때 정신 차리면 코리아에 있는 대학을 간다더라. 너도 스카이는 틀렸어."

갑자기 이게 무슨 공격이람. 왜 애먼 나에게 화살을 쏘는지 모르겠다. 아직 초등학교 5학년인데, 벌써 희망을 꺾나? 아, 물론 스카이는 생각도 안 해 봤지만 말이다.

"김지호, 수호한테 뭐라고 할 게 아니야. 넌 고2인데도 정신 못 차린 것 같은데 어떡할 거니?"

"하아, 엄마는 꼭 그렇게 말해야 속이 시원해?"

"시원? 열불이 터져서 죽겠다!"

엄마는 머리 위에 용암을 얹은 것처럼 앓는 소리를 내며 방으로 들어가 버렸다. 누나도 질 새라 방문을 쾅 닫고 들어갔다. 엄마와 누나의 싸움에 나는 절로 움츠러들었다.

저게 바로 사춘기가 없었다던 누나의 실체다. 엄마가 몰라서 그렇지, 누나는 사춘기를 건너뛴 대신 성격이 까칠해진 것 같다. 문득 나 자신이 한없이 애처롭게 느껴졌다. 아, 지지리 운도 없는 내 사춘기 같으니라고. 시기를 잘 맞췄어야지, 잘! 한 초3 때쯤 왔으면 갱년기 엄마랑도, 수험생 누나랑도 겹치지 않았을 텐데. 그러면 모두 나에게 무릎을 꿇었을 거 아닌가. 아, 아깝다. 아까워.

방으로 들어갔던 엄마가 옷을 갈아입고 거실로 나왔다. 엄마는 소파 위 과자 봉지를 보고 한마디 할 것처럼 입을 열었다가, 이내 한숨을 훅 내쉬었다.

'피하자!'

나는 그 신호를 알아차리자마자 방으로 들어가 침대에 누웠다. 가만히 엎드려 있는데 안래나가 떠올랐다. 누군가 그랬다. 잠들기 직전에 생각한 것이 꿈에 나오기도 한다고.

그렇다면 망설일 필요가 없다. 생각에, 생각에, 생각을 더하고 곱해야 한다.

'제발 내 꿈에 나와 줘.'

생각보다 더 빠르게 잠에 들었다. 안래나가 꿈에 나왔는지 안 나왔는지 기억나지 않을 정도로 꿀잠을 잤다. 한 번도 깨지 않고 쭉.

다음 날 아침이 되어서야 나는 우리 반 단톡방에 500개가 넘게 와 있는 메시지를 확인했다. 우재가 오늘 준비물이라며 소금을 찍어 올린 걸 발견했다. 나는 아침을 먹으려고 식탁에 앉자마자 엄마에게 말했다.

"엄마, 소금."

"뭐?"

"소금."

"소금을 왜? 답답해 죽겠네. 말을 싹둑 잘라먹지 말고 똑바로 해."

아니, 공복인데 내가 뭘 잘라 먹었단 말인가.

"준비물."

"준비물이 소금이라고?"

엄마가 의아한 표정을 짓더니, 싱크대 아래 양념통을 넣은 선반을 열었다.

"근데 무슨 소금을 가져오래? 굵은 거, 가는 거?"

거기까지는 미처 생각하지 못했다. 단톡방에 다시 물어봐야 하나. 아니다, 귀찮다.

"그냥 다."

"아니, 무슨 일로 준비물이 다 있대? 요리를 하나?"

엄마는 작은 비닐봉지에 굵은소금과 가는소금을 담아 주었다. 나는 그것을 들고 당당히 학교로 갔다.

나는 2교시가 될 때까지도 이상한 점을 전혀 몰랐다. 왜냐하면 한 번이라도 안래나를 볼 수 있을까 싶어서 쉬는 시간마다 복도에 서 있었기 때문이다. 하지만 안래나는 우리 반 앞 복도로 지나가지 않았다. 허탕이었다. 소금기 하나 없는 맹탕이었다.

"자, 소금 다 가져왔니?"

2교시는 음악 시간이었고, 선생님의 말씀에 아이들이 가방에서 주섬주섬 준비물을 꺼냈다. 그런데 이상했다. 소금을 꺼내라는데 왜 피리 같은 걸 꺼내지? 하나도, 둘도, 셋도 아닌 여럿, 아니 모두가 그랬다.

그러고 보니 오로지 나만! 나만! 진짜 소금을 꺼냈다.

그때였다.

"푸하하하! 쌤, 쌤! 김수호 소금 가져왔어요."

"뭐?"

"염전에서 온 소금이요!"

2학기 첫날, 내 짝이 된 윤세연이었다. 음, 애 목소리가 이
렇게 컸구나. 처음 알았다. 윤세연은 나를 보고 나사가 전부
빠진 사람처럼 정신을 못 차리고 웃어 댔다.

"넌 무슨…… 가는소금, 굵은소금 다 가져왔냐?"

윤세연은 내가 가져온 소금을 자세히 보더니 더욱 놀려 댔다. 나는 답답해서 앞자리 우재에게 성을 냈다.

"야, 김우재, 네가 소금이라며."

우재가 박장대소했다. 웃음소리가 어찌나 크던지 아이들이 죄다 쳐다보았고, 상황을 파악하자 우재를 따라 크게 웃어 댔다.

"내가 올린 사진 때문에 낚였지!"

우재는 계획이 성공했다는 듯 으스댔다. 웃고 있는 건 비단 아이들뿐만이 아니었다. 선생님마저도 웃음을 숨기지 못했다.

"음, 수호야, 어디 잠시 다른 나라 다녀왔어?"

"아무래도 꿈나라에 다녀온 것 같은데요?"

강준수까지 아재 개그로 나를 능멸했다.

"수호야, 선생님이 말한 소금은 그 소금이 아니라 악기 소금이란다."

아이들이 또다시 웃었다.

"김수호 이 바보!"

우재가 배를 붙잡고 웃어 대며 말했다.

또 바보 소리를 들었다. 여기서 바보는 '바라보고 또 바라봐도 보고 싶다'라는 뜻이 아니었다. 지금 이 순간 바보는 멍청한 사람을 지칭히는 원래 의미 그대로였다.

콘셉트 실패

애석하게도 우리 반 소금 바보 이야기는 입에서 입으로 전해지고, 조금 더 살이 붙어—가는소금, 굵은소금, 핑크 솔트까지 종류별로 다 가져왔다나 뭐라나—5학년 반 전체를 돌아다녔다. 그러다 마침내 안래나네 반인 6반까지 퍼진 모양이다.

쉬는 시간, 바라보고 또 바라봐도 보고 싶은 안래나가 우리 반 앞문에서 얼굴을 빼꼼 내밀고 누군가를 찾았다. 안래나가 찾던 사람은 다른 누구도 아닌 바로 나였다. 나와 눈이 마주치자, 우리 반 교실로 쏙 들어오더니 말했다.

"소금 가져온 거 너 맞아, 김수호?"

안래나가 나를 보며 활짝 웃었다. 그 옆에서 빙글빙글 웃고 있는 김민지가 그 말을 전해 준 게 틀림없었다. 아무래도 내가 놀림받는 상황 같긴 한데, 분명 화가 나야 하는데도 도무지 화가 나지 않았다. 오히려 어떻게 이런 기회가 온 것인가 하는 생각이 들어서 하마터면 김민지에게 고맙다고 할 뻔했다. 비록 우수에 젖은 멜로 눈빛의 맹수 콘셉트는 물 건너갔지만 말이다. 하지만 까짓것 백 번, 천 번 포기할 수 있었다. 콘셉트야 새로 잡으면 그만이니까. 그래, 콘셉트는 '스위트 가이'로 가자!

안래나가 나를 보았고, 찾으러 왔고, 웃었고, 무엇보다 내 이름을 알고 있다. "너 맞아, 김수호?"란 말을 들었을 때 심장이 쿵쿵 뛰었고 귀까지 빨개졌다. 내 귀는 레드 라이트라도 켜진 듯했지만, 이건 분명한 그린 라이트였다! 초록 불이다! 건너오라는 신호다! 그래, 나는 간다. 너를 향해.

안래나가 자기 반으로 돌아간 뒤에도 나는 입을 헤 벌리고 있었다. 우재가 내 옆으로 다가왔다.

"훠이, 파리 들어갈라."

"어?"

나는 파리를 쫓듯 고개를 마구 흔들었다.

"완전 넋이 나갔는데?"

그제야 잠시 탈출했던 정신을 붙잡았다. 그러자 우재의

만행이 떠올랐다.

"야, 너 때문에 내가 오늘 개망신을……."

"걔, 운동 엄청 잘해."

"어?"

"안래나. 우리 태권도 학원 다니거든. 달리기도 엄청 빨라서 웬만한 남자애들은 다 이길걸?"

이 녀석은 이런 정보를 왜 이제야 주는 거야. 다른 운동도 잘하다니, 완전 매력적이다. 나는 혼잣말로 중얼거렸다.

"농구도 잘하던데."

"어?"

우재가 나를 쳐다보았다. 나도 정신을 차리고 되물었다.

"어?"

우리는 서로 몇 번이나 '어?'만 주고받았다. 그러다 우재가 안래나 이야기를 술술 풀어냈다.

"우리 체육 대회 때 이어달리기 반 대표 뽑잖아. 6반은 100퍼센트 안래나겠지."

"이어달리기?"

우재가 나를 보며 혀를 찼다.

"수업 시간에 뭘 듣는 거야? 아침에 쌤이 다 말해 줬잖아. 하긴 그러니까 소금을 가지고 왔겠지만."

나에겐 우재 목소리가 이미 들리지 않았다. 안래 나가 6반 대표가 된다면, 나도 우리 반 대표가 되어야 한다는 생각만 가득했다. 대표가 되면 연습을 같이 한다고 하지 않았는가! 이런 망상이 곧 현실로 이루어질 거라는 또 다른 망상으로 이어졌다. 기분이 상쾌했다. 휘파람이 절로 나왔다.

우리 반 이어달리기 남자 대표는 나여야 했다. 이것이 바로 내가 여름 방학 동안 키가 큰 진짜 이유다. 누구보다 긴 이 두 다리로 꼭 우리 반 대표가 되리!

번호 키를 누르고 집에 들어와 중문을 벌컥 열다가 까무러칠 뻔했다.

"으악!"

누군가 거꾸로 서 있어 머리카락이 바닥에 닿아 있었다.

머리 풀고 나를 잡으러 온 귀신인 줄 알았다.

"아, 뭐야!"

나를 보고도 놀라지 않는 그 귀신의 정체는 엄마였다. 엄마가 물구나무서기를 하고 있었다. 나는 흉측한 걸 본 사람처럼 질색했다. 엄마는 팔에 힘이 빠졌는지 그 자리에 '쿵' 소리를 내며 넘어졌다.

"근육을 좀 키워야 해."

"키워서 뭐 하려고. 보디빌딩 대회라도 나가게?"

난 그냥 중얼거리기만 했다.

"그래! 왜! 나는 대회 같은 거 나가면 안 되냐!"

난 대꾸도 안 하고 방으로 들어갔다. 지금 쓸데없는 데에 낭비할 체력이 없다. 하지만 엄마는 그렇지 않았다. 입으로 근육을 키우려는 사람처럼 혼잣말인지 내게 던지는 말인지 알 수 없는 말을 중얼거렸다.

"이제부터 내 몸은 내가 지킬 거

야. 나 자신을 위해 산다, 내가."

엥? 나 자신을 위해 산다고? 엄마는 어째서, 하필이면, 지금, 이 타이밍에 자신만을 위해서 살 결심을 해 버린 것일까? 정말이지 듣던 중 반가운 소리라서 춤이라도 추고 싶었다. 제발 나는 포기하고, 엄마 자신만을 위해서 살아 달라고, 엄마도 잘할 수 있다고 말하고 싶었다.

침대에 벌렁 누우니 또다시 안래나가 떠올랐다. 이건 뭐 자동 재생이나 추천 동영상이야? 요즘 나의 뇌가 열일을 하나 보다. 내 취향에 맞는 알고리즘을 파악하다니.

"소금 가져온 거 너 맞아, 김수호?"

안래나의 그 말이 마치 동굴 속에서 울리듯 가슴속에 메아리쳤다. 안래나가 내 이름을 부르며 웃었다. 아, 내 이름이 이렇게 달콤했던가.

김수호? 김수호? 김수호!!!!!!!!!!!!!!

"아, 깜짝이야!"

누군가 이불을 확 젖혔다. 난 정신이 번쩍 들었다. 엄마였다. 아오, 드디어 안래나와 꿈에서 만났는데 왜 깨우냔 말이다. 성질이 나서 정말 맹수가 되기 일보 직전이었다.

"밥 먹어."

"우씨!"

나는 눈을 치켜떴다.

"우씨?"

엄마가 나보다 더 험악한 눈빛을 보냈다.

"엄마한테 눈을 그렇게 떠?"

"아, 내가 언제…… 요!"

그래도 지고 싶지 않아서 눈을 더 부릅떴다. 너무 부릅떴나. 눈에서 눈물이 날 것만 같다.

"김수호, 눈에 힘 안 빼?"

이 와중에 눈에 힘을 빼면 지는 것 같아서 싫었다. 나는 더 힘을 주었다.

"어?"

엄마는 손부채질을 하다가 입김을 후후 불어 앞머리를 날렸다.

"좋은 말로 할 때 밥 먹어. 너 요즘 왜 이렇게 잠만 자? 영어 학원 숙제는 했어?"

아뿔싸. 숙제를 또 안 했네. 들켜 버린 것도 짜증, 나를 너무 잘 아는 것도 짜증, 짜증투성이였다. 하라고 하면 더 하기 싫은 법인데, 엄마는 자꾸 캐물었다. 또 짜증이 벌컥 올라왔다.

"아, 몰라! 엄마 때문에!"

"네가 자 놓고 왜 엄마 때문이야?"

그건 나도 모른다. 안래나가 달콤하게 내 이름을 불렀는데, 이제 막 얼굴을 보고 다정하게 대화를 나눌 차례였는데, 잠이 깼으니 엄마 탓이지 그럼 누구 탓인가? 아, 몰라. 아니어도 엄마 탓, 그냥 다 엄마 탓이다. 그러다 문득 엄마를 탓할 적당한 핑곗거리가 떠올랐다.

"엄마 때문에 망신당했다고!"

"뭐가 또 엄마 때문이야?"

"소금 때문에 개망신당했단 말이야!"

그런데 엄마가 돌변했다. 걱정된다, 어떡하냐, 뭐 그런 눈빛으로 나를 보며 되물었다.

"굵은소금도 아니고 가는소금도 아니면, 천일염이나 죽염이었어?"

"소금은 피리 같은 거라고! 엄마는 그것도 모르고!"

나는 침대에서 일어나 엄마를 힘으로 밀어냈다. 나름대로 키도 덩치도 큰 엄마가 내 힘에 밀려났다.

"아, 그만!"

엄마는 점점 밀려 방 밖으로 나갔다. 그 순간 어쩐지 기분이 조금 묘했다.

"나와서 밥이나 먹으라고!"

방문 앞에서 엄마가 소리쳤다. 나는 성질이 나 방문을 닫아 버렸다. 그러자 엄마가 다시 문을 열고 말했다.

"밥은 먹어야지! 엄마 속 터지는 거 보고 싶어?"

"아, 몰라! 엄마 때문에 내 인생 망했어. 나한테 신경 안 쓴다며! 엄마 자신을 위해 산다며! 집에만 있지도 말고 좀 나가! 어차피 도움 안 되니까! 나한테 그냥 신경 확 꺼 버려! 다른 엄마들처럼 나가서 일을 하든지. 나한테 선 넘지 말고!"

나는 나오는 대로 막 지껄였다. 엄마가 무슨 생각을 하든 말든 상관없었다. 지금 이 짜증 나는 감정을 어디에든 풀고 싶었다. 엄마는 더 이상 내 방문을 열지 않았다. 나는 방에 있던 초코바를 하나 까서 먹었다. 오늘은 밥을 굶을 생각이다.

아들 사춘기 대 엄마 갱년기

어젯밤에 그런 일이 있었어도, 엄마가 내 방으로 밥상을 차려서 올 줄 알았다. 그러면 못 이기는 척 먹어야지 했다. 엄마는 늘 그랬다. 내가 밥을 안 먹으면 무슨 일이 있나 걱정하고, 우리 늦둥이, 우리 막둥이 맛있는 걸 먹여야 한다며 부산을 떨었다. 하지만 이번만큼은 그런 일이 일어나지 않았다.

더 이상한 것은 오늘 아침에도 그랬다는 점이다. 아침에 일어나면 내가 배고픈 기색을 보이기도 전에, 엄마가 식탁 위에 밥을 떡하니 차려 놓았을 거라고 생각했다.

나는 어젯밤부터 굶은 것이나 다름없어서 쓰러지기 일보 직전의 상태로 일어났다. 하지만 맛있는 밥 냄새는 어디에서도 나지 않았다. 주방에 나와 보니, 아빠 혼자 식탁 앞에 우두커니 서 있는 게 아닌가.

"배고파. 아침 뭐야?"

"몰라. 나도 배고파."

"아빠가 차리는 거 아냐?"

"뭘 먹어야 할지, 암만 생각해도 떠오르지 않는걸."

아, 그러면 뭘 먹으라는 거야. 정말 짜증이 났다.

"어제 엄마랑 싸웠어? 밤에 기분 안 좋던데?"

아빠가 시리얼을 그릇에 붓다가 물었다. 나는 뜨끔해서 고개만 절레절레 흔들었다. 아빠는 냉장고에서 우유를 꺼내 내 그릇에 몽땅 부었다. 그러다 우유 팩을 살피고는 경악했다.

"아이고, 소비 기한이 지났네! 아, 확인할걸."

"아, 몰라. 며칠은 괜찮다던데, 그냥 먹을래."

나는 시리얼만 와그작 씹어 먹기는 좀 그래서, 소비 기한이 지난 우유에 시리얼을 말아 입안으로 집어넣었다. 어젯밤에 밥을 안 먹어서 그런지, 정말 배가 등에 찰싹 달라붙은 것처럼 허기졌다.

"엄마는?"

"아침에 일어나니까 없던걸?"

"밥도 안 주고 어디 갔어!"

"네 누나, 학교에 데려다주러 갔을걸?"

나는 한 손으로 스마트폰을 보면서 숟가락질을 했다.

그때였다. 바닥이 쿵쿵 울리는가 싶더니, 누군가 돌진하는 물소처럼 방문을 박차고 나왔다.

"엄마?"

"야, 넌 내가 엄마로 보이냐?"

누나였다. 부스스한 머리를 한 채 체육복을 입고 서 있었다.

"뭐야, 너 왜 아직 집에 있어?"

아빠가 의문스러운 눈빛으로 누나를 바라보았다.

"지각이야. 미인정 지각 뜰 듯. 하아, 망했네. 대학은 다 갔네."

누나는 물을 한 컵 마시더니 가방을 둘러멘 채 밖으로 뛰쳐나갔다. 난 무슨 특공대원인 줄 알았다. 일어나서 나가기까지 5분도 채 안 걸린 듯했다.

"아니, 그럼 엄마는 대체 어디 간 거야?"

"나도 모르지!"

"아, 나도 이러고 있을 때가 아니네!"

아빠는 그 말만 남기고 부엌에서 사라졌다.

"아, 뭐야!"

시리얼을 다 먹고 그릇에 시리얼을 더 부었다. 배가 너무 고파서 이대로는 일어날 수가 없었다. 남은 우유를 벌컥벌컥 마신 다음 의자에서 일어났다. 그런데 갑자기 배가 사르르 아프더니, 엉덩이 쪽이 묵직해졌다. 곧 배가 부글부글 끓기 시작했다. 십 년이 넘는 인생 경험으로 추측했을 때, 이것은 그 신호였다.

나는 잽싸게 화장실로 들어갔다. 급똥 신호는 언제나 예기치 못한 타이밍에 다급하게 찾아온다. 나는 시원하게 볼일을 보았다. 학교에 가는 도중에 배가 아팠으면 어쩔 뻔했나. 참 다행이다. 세상은 아름답……

"어라?"

그런데 휴지에 닿아야 할 내 손이 허공을 젓고 있었다.

없다. 휴지가 없다. 나는 등을 돌려 선반을 열고 휴지를 찾았지만, 휴지가 하나도 없었다. 미치겠네. 일어날 수가 없잖아.

"아빠아아아아!"

다급하고 간절하게 아빠를 불러 보았지만, 대답이 없었다. 나는 하는 수 없이 문을 벌컥 열었다.

"아빠아아아아! 휴지이이이이이!"

여전히 돌아오는 대답은 없었고, 집 안에 내 목소리만 메아리쳤다.

"엄마? 엄마 왔어?"

혹시나 하는 기대로 엄마를 불렀지만 기대는 헛것이었다.

"아아아아! 그럼 나 어떡해!"

아니, 휴지는 화장실에 무조건 있는 거 아닌가? 누가 항상 가져다 두었나? 설마 애덤 스미스가 보이지 않는 손으로 휴지를 걸어 놓고 갔던 건 아니겠지? 그럼 도대체 누가 그런 수고를 했단 말인가. 보이지 않던 그 당연한 수고가, 하필 오늘 왜 이렇게 티가 나는지.

떠올리고 또 떠올려도, 그 보이지 않는 손에 대한 해답은 하나뿐이었다. 엄마가 집에 없기 때문이라는 것. 하아, 엄마는 도대체 정신을 어디에 두고 다닌단 말인가! 어째서 화장실에 휴지가 떨어진 것도 모른단 말인가. 아니, 갱년기면 이런 것도 신경 쓰지 않는 건가?

"아, 어디 간 거야! 짜증 나!"

내가 엉덩이를 어떻게 닦았는지는 비밀로 하겠다. 어쨌든 그날 저녁 학교에서 돌아왔을 때도 엄마는 없었다. 학원까지 다녀오고 나서야 엄마를 볼 수 있었다. 그런데 엄마 표정이 좀 침울해 보였다. 식탁 위에 놓인 그릇들을 내려다보기만 했다. 아침에 먹고 놔둔 시리얼 그릇과 숟가락, 물컵 그리고 우유 자국이 남은 식탁. 엄마는 입술을 꽉 깨물었다. 그릇을 설거지통에 집어넣고 물을 부었다. 그러다 갑자기 몸을 돌려 밖으로 나가려는 게 아닌가.

"엄마, 나 밥 안 줘?"

"김수호! 엄마가 너 밥 주는 사람이야?"

"그럼 뭐야?"

엄마는 한숨을 내리 쉬었다.

"난 밥순이가 아니야."

그러고는 다시 나갔다.

헐! 아침에도 그러더니, 저녁에 또? 엄마가 밥을 안 주면 도대체 누가 주나? 이상한 걸로 트집이었다. 이게 다 갱년기 때문이라고? 갱년기가 만능인가? 내가 사춘기 때문에 공부를 안 한다고 하면, 엄마는 뭐라고 할까?

내가 먼저 사과했어야 하나라는 생각도 잠깐 들었지만, 곧 화가 났다. 나 때문에 집을 나간 것도 아닌데, 내가 굳이 사과해야 하나. 엄마도 나를 기분 나쁘게 한 건 마찬가지였다. 내가 먼저 사과하기 싫었다. 호르몬의 불균형으로 감정 기복이 심해지는 시기가 사춘기와 갱년기라더니, 엄마랑 내 상태가 엇비슷한 것 같았다. 그러니 붙으면 전쟁뿐이겠지.

엄마는 그날 밤늦도록 집에 들어오지 않았다. 그리고 다음 날 아침, 식탁에 메모가 있었다.

'각자 알아서 차려 먹을 것!'

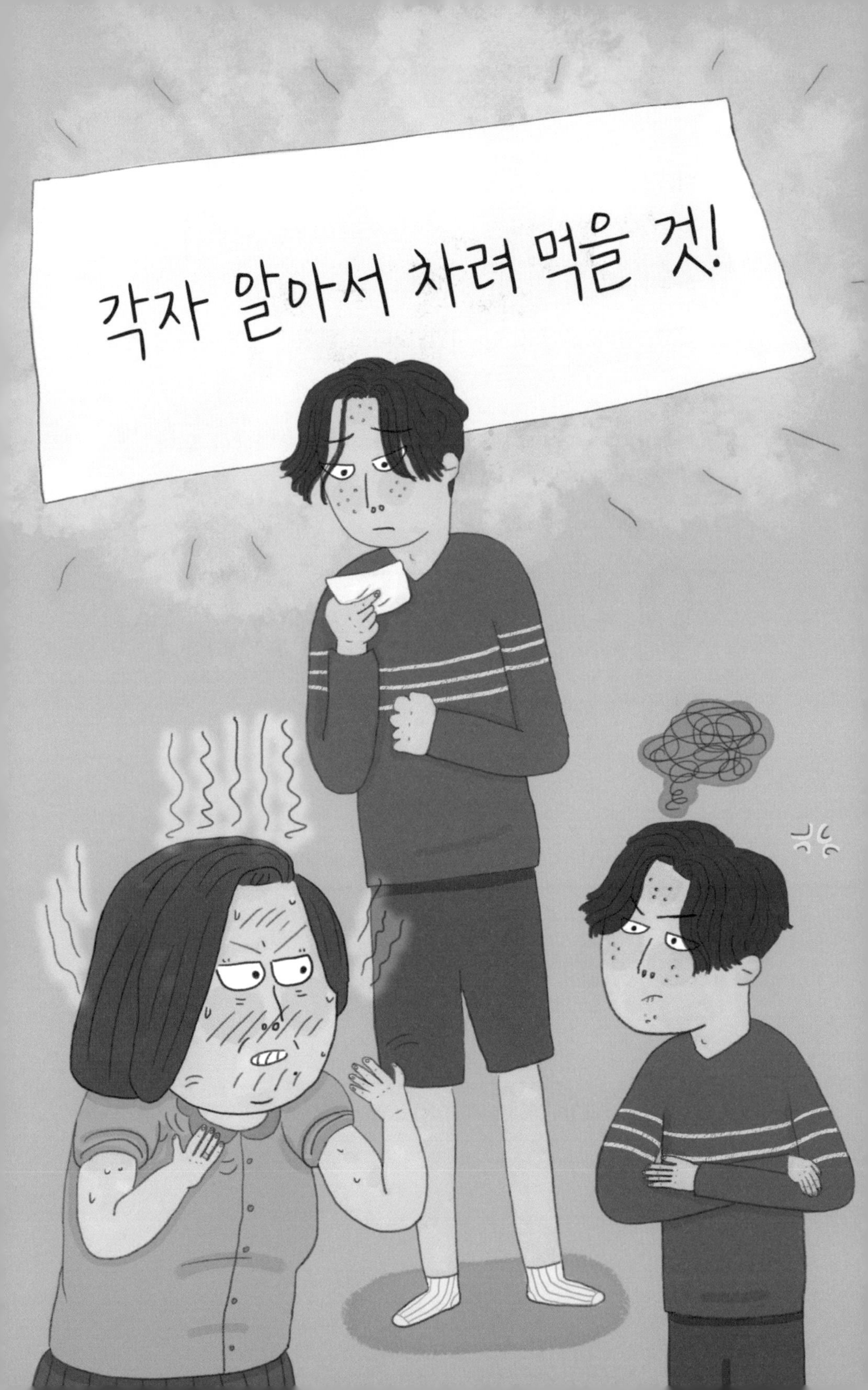
각자 알아서 차려 먹을 것!

"아, 정말! 엄마 뭐 하는 거야!"

나는 짜증이 솟구쳤다. 배는 고픈데, 우유도 아예 없었다. 아주 당연한 아침 식사조차 챙겨 주지 않는다니. 갱년기도 밉고, 엄마도 밉고, 다 미웠다. 나도 한없이 삐뚤어지고 싶었다.

그날 오후, 누나가 나와 아빠를 단톡방에 초대했다. 엄마는 없었다.

지호야. 엄마는 왜 초대 안 했어?

일부러 안 한 건데?

너희들도 엄마 갱년기 때문에 힘들었어?

아빠…… 그 말, 엄마한테 이를까?

제발 하지 마! 지금이라도 엄마 초대해.

아빠…… 결기 까먹음?

 결기가 뭐야??

 #결기
명 곧고 바르며 과단성 있는 성미

 과단성은 뭐야????

 뭐래? 결기는 결혼기념일이야.

누나의 톡을 읽은 아빠도 나도 한동안 말이 없었다. 잠시 후 아빠는 슬쩍 말을 돌렸다.

 알쥐 알쥐~~~
난 그저 나의 사랑하는 여인이 초대되지 못해 슬픈 마음이었어.

 ?????????

결기니까 케이크랑 선물 준비해야지!!!!
이거 안 챙기면 엄마 진짜 집 나가 버릴지
도. 우리 집 남자분들 제발 정신 좀 차려.
이걸 수험생인 내가 챙겨야 해?

 역시 우리 지호밖에 없다. 껄껄껄.

난?

 너도 케이크 먹을 생각만 하지 말고 좀!

만 원 보탤게.

 그럼 이따 누나 스카 앞으로 와. 아빠는
알아서 꽃이든 선물이든 사 오고!

누나 님이 방을 나갔습니다.

아니, 몇 시에 오라는 거야?

 물어볼걸⋯⋯.

80

'아이고, 아빠…….'

누나에게 다시 톡을 보냈지만, 답이 없었다.

'자기가 오라고 해 놓고, 몇 시인지도 안 알려 주고 답도 안 하다니.'

혼자 중얼대는데, 속이 조금 시원했다. 대놓고 누나 앞에서 그렇게 불렀다가는 등짝 스매싱은 물론, 눈빛 공격 때문에 뼈도 못 추렸을 것이다.

어쨌든 나는 누나가 다니는 스터디 카페 앞에 죽치고 앉아 있기로 했다. 이토록 멋진 내가 스터디 카페 앞에서 기다려 주다니, 훗! 건물 유리에 비친 내가 오늘따라 꽤 괜찮아 보였다. 키 덕분에 비율이 좋아서 그런가.

계단에 쪼그리고 앉아 신나게 게임을 하다가 목이 아파서 고개를 들었다. 저 앞에, 나의 심장을 뛰게 하는 아이가 보였다. 운명이다. 나는 집중력이 거의 붕어 수준으로 짧고 관찰력은 매일 지나다니는 길에 뭐가 있는지 모를 정도로 부족한데, 어찌하여 안래나를 향한 레이더는 이토록 빠르고 정확할까? 이건 운명이라는 말로밖에 달리 표현할 수 없었다.

나는 스마트폰을 가방에 집어넣고 자리에서 벌떡 일어났다. 그리고 안래나의 뒤를 쫓았다. 어디에서 나온 용기인지 솔직히 모르겠다. 그냥 마음이 이끄는 대로 향했다.

"저, 저기……."

나는 안래나를 불러 세웠다. 내 목소리에 안래나가 뒤를 돌아보았다.

"어? 소금!"

소금? 그게 내 애칭인가? 허니나 벌꿀 같은 달달한 게 아니라 짭짜름한 소금이 애칭이라니, 괜스레 귀가 뜨거워졌다. 하지만 요즘은 단짠이 유행이니까, 소금이라는 애칭도 나쁘지는 않을지도.

나와 눈이 마주치자 안래나가 먼저 말을 걸었다.

"너희 반 대표는 누구야?"

"응?"

"이어달리기 대표 말이야."

우재가 말하던 그거다.

"우리 반은 내일 뽑는대."

"아, 그렇구나."

"너희 반은?"

난 이미 결과를 알고 있었지만, 대화를 이어 가기 위해 물어보았다. 답을 알고 있는데도 왜 이렇게 입이 바짝바짝 마르는지 모르겠다.

"남자는 장원빈이고, 여자는 나야."

"와, 축하해."

나는 거의 물개처럼 손바닥을 쉴 새 없이 맞부딪혔다.

"아니, 뭐 그렇게까지."

"멋있잖아."

안래나가 나를 물끄러미 보았다. 아, 입을 너무 헤벌쭉 벌리고 안래나를 봤던 것 같다. 얼른 수습해야 한다. 제발 돌아가자, 멋진 나로!

"그런데…… 넌 어디 가?"

안래나에게 물었다. 여기에 자주 온다면 나도 자주 와야겠다는 생각에서였다.

"영어 갔다가 농구하러 가려고."

"나도 좋아해."

"응? 뭘?"

내가 뭐라고 했지? 나도 모르게 '너를'이라고 대답할 뻔했다. 아무래도 지금 내 상태가 심각한 것 같다. 나사가 너무 풀어졌다. 앞뒤 다 자르고 말해 버리다니.

"아, 아니. 농구."

이젠 귀뿐 아니라 얼굴 전체가 화끈거렸다. 시선을 잠시 돌리니, 저 앞에 누군가 나처럼 시뻘건 얼굴을 하고 다가오고 있었다. 어쩐지 머리 길이만 다를 뿐 나와 닮은 얼굴. 나의 혈육, 내가 기다리던 누나였다. 그런데 옆에 있는 남자는 누구지? 누나는 그 사람과 손을 꽉 잡고 있다가 나와 눈이 마주치자마자 모르는 사람처럼 손을 뿌리쳤다.

누나가 당황한 얼굴로 나를 보았다. 물론 나도 그랬다. 안래나는 내 앞에 멀뚱히 서 있다가 가 버렸고, 나는 그 모습을 아쉬운 눈으로 바라보았다.

"뭐야, 김수호!"

"뭐가?"

"왜 여기에 있어?"

"아니, 몇 시까지 오라고 말도 안 하고 톡도 안 보니까 그냥 왔지."

"그럼 전화하면 되잖아, 멍청아!"

그렇네. 그걸 이제야 깨달았다. 하지만 멍청이라니. 평소라면 너무하다고 따졌겠지만 그것보다 먼저 묻고 싶은 게 있었다.

"누구야?"

"알 거 없거든."

"왜?"

누나가 급하게 말을 돌렸다.

"너야말로 쟨 누구냐? 김수호 눈에서 꿀이 떨어지더구먼."

그렇지. 소금과 꿀, 단짠 단짠. 우리 사이, 단짠같이 중독성 있는 사이라고 할 뻔. 어쩐지 누나가 추궁하는 소리마저도 달콤했다. 실은 요즘 누구에게라도 안래나에 대해 이야기하고 싶어 미칠 지경이다. 그 아이가 어떤 눈빛으로 나를 바라보는지, 나에게 어떤 말을 했는지, 그런 이야기를 나누며 이게 바로 사랑인지 묻고 싶었다. 그 왜…… 재채기와 사랑은 숨길 수가 없다고 하지 않나. 아니라고 부정해도 참을 수 없으니까.

"엄마한테 다 일러야지. 김수호 눈에서 꿀 떨어진다고."

그 순간 정신이 퍼뜩 들었다. 이런 악독한 누나 같으니!

"누나야말로 이제 고3인데, 그러면 안 되지!"

누나도 현실을 자각한 듯 한숨을 푹 내쉬더니, 이 상황을 회피하고 싶은지 딴소리를 했다.

"케이크나 사러 가자."

"말하지 마. 특히 엄마한테."

"너야말로……."

"근데 공부는 안 하고 남친 사귀어도 돼?"

그 말을 하며 나는 누나에게서 두 뼘 정도 물러섰다. 혹시나 누나가 손을 뻗어 내 뒤통수를 한 대 칠까 봐. 그런데

누나가 내 곁으로 다가와 부드럽게 말했다.

"수호야, 마음이 마음대로 되냐?"

"어?"

"마음은 원래 마음대로 안 된다고. 그냥 나도 모르게 흘러간다고. 아직 모르냐, 이런 마음?"

이런 마음이라……. 마음대로 안 되는 내 마음.

나도 안다. 안래나를 떠올리면 탄산음료를 단숨에 들이켠 기분이 들었으니까. 속이 뻥 뚫리는 게 아니라, 목구멍이 간질간질해지고 가슴께가 보글보글해지는 기분. 손끝과 머리끝이 콜라를 마신 듯 찌릿찌릿해지는 그 기분. 이런 게 사랑이 아니라면, 도대체 무엇이 사랑일까? 시험 정답은 잘 모르지만, 이건 내가 아는 유일한 정답이었다.

결기

누나와 함께 케이크를 사서 집에 들어왔다. 아빠도 꽃다발과 선물을 사서 일찍 왔다. 꽃향기가 금세 집 안에 퍼졌다. 하지만 정작 중요한 엄마가 없었다.

"엄마한테 전화 좀 해 봐."

아빠가 누나에게 말했다.

"김수호, 네가 해."

누나는 나에게 말했다.

"아, 왜?"

나는 끝까지 안 했다. 원래 누가 하라고 하면 더 하기 싫어지는 법이다. 이건 '국룰'이다.

결국 누나가 마지못해 엄마에게 전화했다. 한참 동안 무

표정하게 신호를 기다리던 누나는 전화를 끊어 버렸다.

"엄마 안 받는데?"

"좀 더 기다릴걸."

"아빠, 그런데 결기는 원래 남편만 챙기는 거야?"

나는 아빠를 보며 물었다.

"그건 아니지만, 아빠는 그래. 이렇게 못난 나와 결혼해
주어서 고맙다는 의미로다가……."

하지만 나는 선뜻 이해할 수 없었다. 누가 봐도 엄마가 아
빠에게 잔소리도 많이 하고, 항상 이기는 것 같은데. 엄마도
아빠에게 뭔가를 해 주어야 하는 게 아닌가 싶었다.

"아, 도대체 왜 안 와?"

누나는 기다리다 못해 자리에서 벌떡 일어나더니, 학원
간다는 말만 남기고 나가 버렸다.

"아휴, 우리 둘이 기다리지 뭐."

하지만 엄마는 좀처럼 오지 않았다. 배가 고팠다. 케이크
의 초를 몇 번이나 켜고 끄다 보니 촛농이 몇 방울 떨어졌
다. 아빠는 그 앞에서 졸고 나는 스마트폰으로 게임을 했다.

그때였다. 엄마가 내 코앞까지 다가왔다. 도어락 소리가
나는지도 몰랐는데, 엄마의 땀 냄새로 알았다.

"뭐 해?"

나는 게임이 끝나지 않아서 인사를 하는 둥 마는 둥 했다.

"응, 뭐 해."

"김수호, 너 또 게임이야!"

엄마가 스마트폰을 빼앗으려 했다.

"중요한 순간이야, 중요한 순간!"

"중요한 순간도 많다!"

엄마는 그건 전혀 상관없다는 듯이 스마트폰을 빼앗아 갔다.

"너 영어 학원 갔다 왔어?"

아차, 또 안 갔네. 다행히 아빠가 화제를 돌렸다.

"여보, 중요한 날에 왜 이렇게 늦었어!"

"오늘 무슨 날이야?"

"우리 결혼기념일이잖아. 20주년."

"한 해쯤 그냥 지나가면 어때. 내년에도 같이 살 건데."

"아니, 그래도 해마다 소중하지. 게다가 오늘은 애들이랑 준비했다고."

아빠가 한숨을 내쉬었다. 그러면서 뭔가 번쩍이는 걸 내밀었다.

"이거 팔찌야. 나의 사랑을 당신에게!"

"아휴, 족쇄야 뭐야. 나 더워. 씻고 나올게."

엄마는 아빠의 족쇄, 아니 팔찌는 쳐다보지도 않고 쌩하니 화장실로 들어가 버렸다. 아빠는 입술을 쭉 내밀었다. 요즘 들어 엄마와 아빠의 성격이 완전히 뒤바뀐 것 같았다. 예전에는 엄마가 기념일이나 행사를 빠짐없이 챙겼던 것 같은데, 이제는 오히려 엄마가 다 잊어버린 듯했다. 저것도 갱년기 때문인가. 갱년기란 녀석도 사춘기만큼이나 참 비호감이다.

"많이 서운한걸."

아빠가 혼잣말을 하자, 어느새 씻고 나온 엄마가 툭 대꾸했다.

"뭘 서운해해. 올해는 그냥 건너뛰어. 나이 먹는 것도 지긋지긋한데."

내 생각에는 그것도 괜찮은 방법 같았는데, 아빠는 펄쩍 뛰었다.

"우리가 같이 산 게 벌써 20년이나 되었어. 이게 어디 보통 일이야? 강산이 두 번 바뀐 거잖아. 그런데 어떻게 그걸 건너뛸 수가 있어? 내 생각은 안 하는 거야?"

아빠는 또 한껏 감성에 젖어 이런저런 말들을 늘어놓았다. 아, 나는 이 순간에도 오직 배고프다는 생각만 들어서 냅다 외쳤다.

"나 배고파! 치킨 시켜 줘!"

투덜대며 배를 움켜쥐자, 엄마가 단호하게 말했다.

"그냥 밥이나 먹어. 뭘 시켜."

"그럼 일찍일찍 와서 밥을 차려 주든가!"

"엄마는 네 밥 차리는 사람 아니라고 했지?"

"그럼 누가 차려! 어제 아침도 안 차려 주고, 저녁도 안 차려 주고!"

나는 바락바락 소리를 질러 댔다. 밥에 미친 사람처럼 말이다.

"김수호, 네가 먹을 밥 정도는 스스로 챙길 줄 알아야지!"

"아, 몰라! 지금까지 다 챙겨 주더니 왜 이제 와서 그래!"

"네가 너한테 신경 쓰지 말라며! 그러면서 밥은 챙겨 주길 바라니?"

"밥은 줘야지, 밥은!"

나와 엄마가 밥 문제로 실랑이를 벌이고 있을 때, 아빠가 엄마에게 꽃다발을 내밀었다.

"여보, 이거 받고 화 풀어. 우리 결혼기념일이니까! 어때? 예쁘지? 응?"

엄마는 한숨을 깊게 내쉬었다.

"내가 고르고 골라서 사 온 꽃이야."

아빠는 엄마에게 꽃다발을 안겨 주려고 했지만, 엄마는

계속 피했다.

"아, 이거 좀 들고 같이 사진 찍자, 응?"

"여보, 나 풀 알레르기 있는 거, 여태 몰랐어?"

"엥? 언제부터?"

"당신 만나기 전부터 쭉."

"아, 그랬나, 물어볼걸!"

아빠는 입술을 질끈 깨물었다.

"열 번도 더 말한 것 같은데. 귀담아듣지 않았겠지. 아니면 꽃을 한 번도 안 사 줬거나."

도리어 엄마가 화를 내기 시작하자, 아빠는 당황한 표정으로 꽃다발을 뒤로 숨겼다.

"아, 기억할걸."

엄마는 팽 토라져서 방으로 들어가 버렸다.

나는 아빠를 바라보았고, 아빠는 엄마가 들어간 방문만 하염없이 바라보았다.

아빠가 말했었다. '결기'는 곧고 바르며 과단성이 있는 성미라고. '과단성'은 일을 딱 잘라서 결정하는 성질이라고 했다. 오늘 보니 엄마는 결기가 대단한 사람이었다. 결기에 꽃을 받고도 풀 알레르기라며 단칼에 거절하는 모습. 설마 지금껏 꽃을 한 번도 선물하지 않은 아빠에게 돌직구 날릴 날을 기다려 온 걸까? 알다가도 모르겠다.

  그리고 진짜 알다가도 모르겠는 것은, 도대체 왜 이렇게 자주 나가고, 무얼 하다 왔기에 땀 냄새를 풍기며 들어오냐는 점이다. 물론 내 알 바는 아니지만.

선수 선발

"오늘 3교시에 우리 반 이어달리기 대표 뽑을 거다."

조회를 마치기 전 선생님이 말했다. 드디어 올 것이 왔다. 체육 대회의 꽃은 뭐니 뭐니 해도 이어달리기다. 각 반에서 남자와 여자 대표를 한 명씩 뽑는다. 홀수 반은 청 팀, 짝수 반은 백 팀으로 나뉘니, 우리 5반은 청 팀이다. 청 팀은 청 팀대로, 백 팀은 백 팀대로 서로 이기기를 간절히 바라고 있었다.

아이들은 오로지 이어달리기에 모든 자존심을 건 듯했다. 그러다 보니 반 대표에 어마어마한 관심이 쏠렸다. 이어달리기 대표들은 그 관심을 한 몸에 안은 채 매일 방과 후에 모여 연습을 해야 했다.

래나는 6반 여자 대표다. 그 말은, 내가 우리 반 대표가 되면 매일 래나와 함께 연습할 수 있다는 뜻이다.

"오케이!"

나는 오른손으로 책상을 쾅 내리치며 벌떡 일어났다. 엉덩이에 스프링이라도 달린 것처럼 가만히 앉아 있을 수 없었다. 아이들이 쳐다보든 말든, 나는 입술을 질끈 깨물었다. 심장이 두근거렸다. 뛰어야 한다. 뛰고 또 뛰어야 한다.

마침내 이어달리기 대표를 뽑는 시간이다. 나는 새로운 콘셉트를 잡았다. 동물의 왕국 속 굶주린 치타? 끝없이 펼쳐진 몽골의 초원을 내달리는 야생마? 둘 중 무엇으로 할지 고민하는 사이, 선생님의 호루라기 소리가 들렸다. 나는 둘 중 뭐라도 되겠지 하며 뛰었다.

나는 바람을 가르며 달리는 나 자신과 그 모습에 환호하는 아이들을 상상했다. 하지만 정작 아무 소리도 들리지 않았다. 거친 내 숨소리만이 귀에 울렸다. 여드름으로 불긋한 얼굴이 어쩐지 화끈거렸고, 눈을 가릴 듯 자란 앞

머리는 땀 때문에 이마에 착 달라붙었다. 이런 내 모습이 싫어질 틈도 없이, 나의 멋짐이 폭발하고야 말았다.

"우리 반 남자 대표는 김수호!"

나는 눈이 휘둥그레졌다. 이 멋짐, 어쩔 거야. 내가 해냈다! 나는 재빨리 선생님에게 달려가 물었다.

"언제부터 연습해요?"

"내일부터."

"아, 왜요!"

아이들이 "오, 김수호. 엄청 의욕적이네" "우리 반은 됐다, 됐어!" 같은 말을 쏟아 냈다.

난 억울했다. 왜 내일부터인가! 왜 래나와 만나는 날을 앞당길 수 없는 건가! 내일부터 할 게 아니라 오늘 당장 해야 한다. 지금 수학이니 국어니 공부할 시간이 어디 있는가. 반의 자존심이 걸려 있는데, 반 대표로서 하루 종일 이어달리기만 연습해도 모자랄 판 아닌가!

나는 의욕이 활활 타올랐다. 누구도 나를 막을 수 없을 정도였다. 불이 붙은 로켓처럼 빠르게 달릴 열정이 가득 차올랐다. 당장 연습을 시작하고 싶었다. 시간을 건너뛰어 내일로 착륙하고 싶은 마음이었다. 반 여자아이들이 이어달리기 대표를 정하느라 분주했지만, 누가 되든 나는 상관없었다.

다음 날, 우리 반 이어달리기 여자 대표는 이루나가 되었다는 소식을 들었다. 하필이면 나에게 왕 여드름의 굴욕을 안겨 준 이루나라니. 윤세연은 기권을 했다나 뭐라나. 내 알 바는 아니었다. 어쨌든 기다리던 오늘이 왔으니까. 기분이 너무 좋아서 나도 모르게 절로 이런 말이 튀어나왔다.

"아, 빨리 수업 끝나라!"

"왜?"

이루나가 나를 빤히 쳐다보며 물었다.

"어?"

"왜 수업이 빨리 끝나면 좋겠어?"

"아, 연습하잖아. 하하하! 우리 반을 위해서."

이루나도 나를 따라 웃었다.

"그렇네. 우리 반을 위해서지. 하하하!"

나도 이루나를 보며 활짝 웃었다. 그 순간 이루나의 눈빛이 반짝였다. 왠지 내 왕 여드름을 보는 것 같아서 나도 모르게 살짝 가렸다. 이루나는 뭐가 좋은지 나를 바라보며 계속 웃었다.

"수업 끝나고 같이 가자."

나는 이루나에게 멋진 말투로 말했다.

"오, 좋지!"

이루나가 폴짝폴짝 뛰었다.

내가 쓸데없이 너무 멋졌나. 이루나의 반응이 다소 과해 선을 긋고 싶은 충동이 일었다. 그렇지만 이것 역시 멋진 내가 견뎌야 할 왕관의 무게 아닐까?

수업이 끝나고 이루나와 함께—라고 쓰고, 그냥 옆에 서서라고 읽어야 한다—운동장으로 나갔다. 이루나는 나한테 무슨 할 말이 그리도 많은지 옆에서 계속 종알댔다. 난 빨리 래나를 보고 싶다는 생각뿐이라, 이루나의 말이 귀에 잘 들어오지 않았다. 그래도 같은 팀이니 호흡은 맞춰야 했다. 딱히 할 말이 없었지만 어색한 분위기를 풀 때 가장 효과적인 '칭찬'이라는 무기를 꺼냈다.

"너 잘 뛰더라?"

실은 자세히는 못 봤지만 칭찬을 해 주었다.

"너도 잘 뛰던데?"

이루나는 칭찬을 칭찬으로 갚았다. 더 이상 할 말이 없었다. 이루나는 계속 중얼거렸다.

"쟤는 축구부의 홍일점 4반 신채현이고, 쟤는 전학 오기 전에 육상 선수였다는 6반 안래나잖아? 우리 청 팀, 어떡해."

안래나, 그 이름이 들리자마자 나는 홀린 듯 래나 쪽으로 고개를 돌렸다. 그렇다. 운명의 장난처럼, 로미오와 줄리엣처럼 원수 집안, 아니 상대편인 게 안타까웠지만, 래나를 보는 것만으로도 입꼬리가 저절로 올라갔다. 나는 입을 꾹 다문 채 주위를 둘러보았다. 심장이 쿵쾅댔다. 래나가 내 쪽을 지나쳐 갔다.

"백 팀 안래나 알아?"

"응. 얼마 전에 지희네 윗집으로 이사 와서 오다가다 가끔 봤어."

아니, 얘는 그 중요한 정보를 왜 이제야 말하는 거야! 래나가 우리 반 윤지희네 윗집에 산다니. 그럼 그 근처를 돌아다니면, 래나를 만날 수도 있다는 거잖아?

드넓은 초원을 질주하는 야생마의 본능이 깨어나는 기분이었다. 힘든 줄도 모르고 연습에 몰두했다. 아무래도 행복 호르몬이라는 세로토닌과 엔도르핀, 도파민이 최고치에 다다른 것 같았다. 행복 그 자체였다.

연습을 끝내고 나도 모르게 중얼거렸다. 이루나가 옆에 있든 말든 진심으로 이 말이 툭 튀어나왔다.

"빨리 내일이 오면 좋겠다."

설레는 일은 또 있었다. 담당 선생님이 우리 모두의 단체 채팅방을 만들어, 연습 중에 찍은 사진을 올려 주었다. 나는

사진을 한참이나 넘겨 보다가 래나를 확대해 보았다. 바라보고 있어도 계속 보고 싶었다.

'진짜 귀엽네.'

나는 래나를 친구로 추가했다. 자연스러웠다. 내 마음도 상태 메시지에 초성으로 슬쩍 표현했다.

ㅇㄹㄴ ㄴ ㅁㅇ ㅂㄱ ㅅㅇ

'티 나나?'

아니, 이 정도 초성만으로 누가 맞히겠는가. 자기 이름 초성이면 또 모를까. 그러니까 제발 이 초성을 가진 그 아이에게만 팍팍 티가 나서 나의 애타는 마음을 알아채 주면 좋겠다. 그 아이에게만 들키고 싶다. 이게 내 진짜 속마음이다.

고백 공격

집에 돌아왔더니 엄마가 또 없었다. 뭐, 괜찮았다. 나를 자유롭게 해 준다면 뭐든 상관없었다. 밥 타령 하지 말라고 했으니, 밥 때문에는 절대 연락하지 않을 거다.

엄마가 집을 비워서 사춘기 대 갱년기 전쟁도 피할 수 있었다. 나는 당당히 게임에 접속했다. 한참 게임을 즐기고 있는데, 어디선가 내 닉네임이 아니라 본명이 들려오는 게 아닌가.

"야, 김수호!"

엄마 목소리였다.

'뭐야, 왜 이렇게 빨리 와?'

나는 방문을 잠가 버렸다. 문밖에서 소리가 들려왔다.

"김수호! 너 학원 안 갔어?"

아차 싶었다. 어쩐지 시간이 남아도는 것 같더니만……. 지금은 영어 학원에 앉아 있어야 할 시간이었다. 방문을 잠근 김에 없는 척하기로 마음먹었다. 하지만 엄마는 내가 없는 척하는 것까지도 금세 알아냈다.

"김수호! 너, 신발도 있는데. 학원 안 간 거 다 알아!"

교훈을 얻었다. 조금 더 철저하게 대비하자.

"너 진짜 자꾸 학원 빠질래?"

엄마가 방문을 따고 들어왔다. 손에 젓가락을 들고 있었다. 나는 벌컥 화가 났다. 아니, 왜 남의 방에 함부로 들어오는지 모르겠다.

"아, 선 넘네!"

나도 내 입에서 나온 말이 조금 놀라웠다. 하지만 엄마도 어떻게 한 입으로 두말을 할 수 있지? 불과 며칠 전에 자기 삶을 살겠다고 하지 않았나? 그 말은 내게 간섭하지 않겠다는 뜻 아닌가? 그런데 왜 자꾸 내가 학원에 가는 것부터 게임하는 것까지 간섭하냐, 이 말이다.

"뭐? 선을 넘어? 내가 네 엄마거든! 선이든 벽이든 다 넘을 수 있지."

"아, 좀!"

나는 표정을 잔뜩 찌푸렸다.

"좀 뭐? 더워 죽겠는데 너까지 속 썩일래? 누나도 수험생이고 엄마도 갱년기인데, 너까지 이래야겠어? 사춘기 운운하면서 엇나가지 좀 마!"

어이가 없었다. 사춘기 운운하면서 엇나가지 말라고? 그러는 엄마는?

"엄마도 갱년기라고 나한테 화내잖아! 나는 왜 안 되는데?"

나는 소리를 빽 질러 버렸다. 속이 조금 시원했다. 엄마가 열이 나든지 말든지, 억지스럽다고 느끼든지 말든지, 그 순간에는 내 속이라도 시원하게 말하고 싶었다.

"이거랑 그거랑 같아? 우리 집은 사춘기 없다고 엄마가 말했지?"

엄마도 억지를 부렸다. 누가 누가 더 억지스러운지 대결이라도 하는 것처럼. 나도 가만히 있을 수 없었다.

"있는데, 어떻게 없어!"

"그렇다고 학원 안 가고, 게임만 하는 거야?"

"학교 갔으면 됐잖아! 학원도 엄마가 다니라고 해서 다녀 준 거라고!"

"뭐라고? 다녀 줬다고? 엄마 위해서 학교랑 학원에 다니라는 거야? 다 너 위해서 가라는 거지."

나는 책상을 주먹으로 쾅 내리치며 외쳤다.

"엄마 소원이라서 가는 거야! 안 그랬으면 나는 그냥 집에서 게임만 했어. 이 정도 다녀 준 것도 고맙게 생각해야지."

목구멍에 참기름이라도 바른 게 틀림없다. 어떻게 이런 말이 술술 나오지? 그런데 기분도 참기름처럼 고소할 줄 알았는데, 엄마 표정을 보니 살짝 무서워졌다. 뭐, 이럴 때는 피하는 게 상책이다. 다음 공격을 위해 잠시 후퇴.

"에잇!"

스마트폰만 챙겨 집 밖으로 나왔다. 막상 나오니 갈 만한 곳이 마땅치 않았다. 놀이터는 어린아이들 차지고, 공을 안 가지고 나왔으니, 농구 코트에 갈 수도 없었다. 아, 초등학생이 갈 만한 곳이 학원 말고는 없다니!

그러다 퍼뜩 생각이 떠올랐다. 나도 모르게 발이 움직였다. 나는 윤지희네 집 근처를 서성였다. 아니 윤지희가 아니라 래나네 집 근처라고 하는 게 맞겠다. 혹시나 하는 마음으로 같은 자리를 맴도는데, 이번에는 신이 나를 버리지 않았다. 저기에서 래나가 보였다.

"어, 안래나?"

래나가 나를 쳐다보았다. 나는 래나에게 달려갔다.

"어디 가?"

"학원."

"어떤?"

"영어."

"아, 영어!"

나는 래나 옆에서 계속 종알거렸다. 질문이 꼬리에 꼬리를 물며 이어졌다. 학원이 어디인지, 영어 말고 또 무슨 학원을 다니는지, 학원이 끝나면 무얼 하는지, 어떻게 그렇게 잘 달리는지, 무슨 운동을 좋아하는지, 특히 더 잘하는 건 무엇인지 같은 것들 말이다.

"너 어디 가?"

정신을 차리고 보니, 어느새 래나와 함께 아파트 엘리베이터에서 내리고 있는 게 아닌가. 여기는 어디, 나는 누구?

"여기가 학원이야?"

래나는 대답 없이 문을 열고 쏙 들어갔다가 가방을 둘러 메고 나왔다. 래나가 물었다.

"어디까지 쫓아올 건데?"

'너와 함께라면 지옥 불구덩이까지 쫓아가려고'라고 할 뻔했다. 정말 간신히 참았다. 래나를 따라 도착한 곳은 뜻밖에도 윤지희네 집이었다. 뭔가 요란스러운 파티가 벌어지는지 여자아이들이 모여 있었다. 내가 문틈 사이로 고개를 내

밀자, 여자아이들이 꺅 소리를 질러 댔다. 아, 이놈의 인기.

"뭔데 그래?"

"파티한대. 그런 게 있어. 지희랑 같이 영어 학원 가려고 했는데, 못 간다고 하네."

나는 래나와 함께 엘리베이터를 타고 내려왔다.

"그만 따라 와. 나 학원 간다!"

래나는 그 말만 남기고 가 버렸다. 같은 학원이었으면 도란도란 이야기하며 래나와 더 오래 있었을 텐데, 그러면 학원에 빠지지 않았을지도 모른다. 그나마 소득이라면 윤지희와 같은 학원에 다닌다는 정보를 얻은 거였다.

그런데 조금 있으니 톡이 왔다.

'누구지?'

바탕 화면에 뜬 이름은 이루나였다. 나는 톡을 확인했다.

 나도 네가 좋아. 우리 사귈래?

'이건 무슨 헛소리야?'

처음에는 '우리 사귈래'에 충격받아서 앞 문장을 제대로 읽지 못했다. 눈을 비비고 다시 보니, '나도 네가 좋아'라고 써 있는 게 아닌가. 아니, 나'도'라니. 내가 언제 이루나를 좋아한다고 했나? 이 무슨 개풀 뜯어먹는 소리냔 말이다.

용기 있는 자만이 미남을 얻는다고 하던가. 뜬금없이 이루나가 용기를 냈다. 하긴 엉뚱한 용기를 낸 이루나가 무슨 잘못이 있겠는가. 사람이 사람을 좋아하는 건 죄가 아니다. 그저 내가 너무 멋진 바람에 이런 황당한 고백 공격을 받았을 뿐이다. 멋짐이 죄라면 나는 무기 징역이라고나 할까.

래나가 학원에 갔으니, 나도 오랜만에 영어 학원으로 향했다. 학원 건물 엘리베이터에 사람이 많아서 그냥 계단을 오르는데, 이루나와 딱 마주쳤다.

"너, 내가 보낸 카톡 봤지?"

이루나가 내게 득달같이 물었다. 다른 때보다 훨씬 더 초롱초롱 빛나는 눈망울이었다.

"아, 그거……."

"네 상메(상태 메시지)에 있는 초성."

난 그제야 떠올렸다.

"그거 '이루나 너 매일 보고 싶어' 맞잖아!"

루나가 나를 보며 큰 소리로 외쳤다.

'아니, 왜 그게 이루나야, 안래나지'라고 생각하다가 문득 깜짝 놀랐다. 그러고 보니 이루나와 안래나의 초성이 같았다.

난 이루나에게서 시선을 돌려 버렸다. '난 너 싫어'라든가 '난 좋아하는 애가 따로 있어' 혹은 '난 너 말고 안래나를 좋아해' 같은 말을 돌직구로 던지면 얘가 너무 상처받지 않을까?

나 좋다는 아이에게 나쁘게 말할 수는 없다.

'상처받지 말고, 나보다 좋은 사람 만나라.'

그런 마음으로 그 자리에서 튀었다. 더 정확히 말하자면 무슨 말을 해야 할지 몰라 내뺐다. 방법이 떠오르지 않았다. 달리기가 빠른 거, 아니 여름 방학 동안 다리가 길어진 거, 이럴 때 쓰기 위해서였나 싶었다.

"야, 뭐야! 야! 김수호!"

뒤통수가 따갑도록 내 이름을 부르는 소리가 들렸지만, 나는 뒤도 돌아보지 않고 황급히 튀었다.

나도 용기를 내 보는 거야

오늘도 수업이 끝나고 이어달리기 연습이 있었다. 또다시 이루나와 함께 연습해야 하는 이 상황이 너무 어색했다. 게다가 이루나는 아직 나를 포기하지 않은 듯했다. 과감할 대로 과감해져서 내 손에 닿게 배턴 터치를 해 오는 게 아닌가.

"어우!"

너무 놀라서 손을 빼는 바람에 배턴을 놓치고 말았다.

"아, 손 닿았어."

생각만 하려고 했는데 나도 모르게 말로 툭 튀어나왔다. 이루나가 그걸 듣고 나를 째려보았다. 사람이 하루 만에 돌변할 수도 있구나 싶었다. 나는 6반 남자 대표인 장원빈과 함께 있는 래나를 힐끔거렸다. 아니, 같은 반일 뿐인데 뭐 저

렇게 다정하게 대화한담? 나는 래나를 바라보다가 둘 사이
로 파고들었다. 그러고는 래나에게 살짝 말했다.

"나 아까 배턴 받다가 손 닿았어."

손이 닿았단 말에 래나가 피식 웃었다.

"배턴 터치할 때는 배턴만 건네면 되는데."

"내 말이!"

래나 말이 맞다. 이렇게 된 이상 어떻게든 이루나의 손길
과 눈길을 피해야 했다. 참 피곤하다, 멋진 나로 살기가.

집에 돌아왔는데 엄마가 또 없었다. 난 영어 학원에 가려
다가, 윤지희에게 물어봐서 알아낸 래나네 학원으로 발길을
돌렸다. 그런데 그 학원 건물이 참 신기했다. 요가, 필라테
스, 헬스장, 탁구장, 권투장, 태권도장, 순환 운동까지. 운동
이란 운동은 다 모여 있었다.

'국가 대표 선수촌이야, 뭐야.'

나는 래나가 짠 하고 나타나기만을 기다리며 주위를 두
리번거렸다. 그러던 중 어딘가 익숙한 뒷모습이 눈에 들어
왔다.

'엥, 엄마?'

확실했다. 기골이 장대한 게 앞구르기를 하면서 봐도 우

리 엄마였다.

"뭐지? 왜 여기 있지?"

혼잣말을 중얼거리고 있는데, 내 물음에 답하듯 누군가 말을 걸어 왔다.

"어, 김수호? 또 보네?"

놀랍게도 래나였다.

"어? 어, 안녕."

"설마 나 기다린 건 아니지?"

"보고 싶어서."

어우, 김수호 정신 차려. 무슨 말을 하는 거야. 내 머리를 한 대 치고 싶었다. 그런데 안래나의 반응이 이상했다. 얼굴이 붉어지는 것이 아닌가!

"나, 네 프로필 상메 봤어."

이번에는 내가 얼굴이 붉어질 차례였다.

"어?"

"혹시 그거…… '매일 보고 싶어' 맞아?"

나는 침을 꿀꺽 삼켰다. 누가 그런 걸 맞힐까 했더니, 이루나에 이어 래나까지 너무 잘 맞혔다. 아니라고 해야 하는데 그 말은 못 하고 래나의 눈을 피하고 말았다. 한마디로 '뚝딱이'가 되어 버렸다.

"그런데 앞에 있는 이응 리을 니은은, 이루나야?"

니는 얼굴이 다 시뻘게져서 손사래를 쳤다.

"아냐! 이루나 절대 아냐! 억울해!"

내가 하도 팔팔 뛰어 대니 래나가 풋 하고 웃었다.

"그 초성이 이루나만 있냐! 내 앞에도 있는데……."

힌트를 준다는 게, 정답을 유출하고야 말았다. 아무래도 나는 마음을 숨기는 데 재주가 영 없는 것 같다.

래나가 이번에도 풋 하고 웃음을 터뜨렸다.

"왜 이렇게 뚝딱거려, 귀엽게?"

생각지도 못한 반응이었다. 이런 모습이 귀엽다고? 그렇다면 좀 더 뚝딱거려야 하나?

꿈속, 특히 악몽에서는 소리를 지르려 해도 목소리가 나오지 않을 때가 있다. 그런데 지금은 악몽도 아니고 달콤한 꿈 같은 순간인데도 말이 잘 나오지 않았다. 하지만 이 기회를 놓치면 나는 완전 바보 멍청이다. 나는 꿈속에서 목소리를 내려고 애쓰듯, 간절하게 입을 열었다.

"사, 사귈래……?"

래나가 깔깔 웃어 댔다.

뭐야? 왜 웃는데? 대답은 안 하고 웃기만 하면 나는 도대체 어떻게 받아들여야 하는데?

내가 당황해서 머리만 긁적이자 래나가 웃었다.

"싫어? 그럼 일주일만 사귀어 보고 결정하는 기 어때?"

래나가 또 웃음을 터뜨렸다. 얘는 무슨 허파에 바람이 들었나? 아니, 허파에 선풍기를 틀었나, 에어컨을 켰나? 왜 이렇게 계속 웃기만 할까?

난 마지막 승부수를 던졌다.

"일주일도 안 되겠으면, 점심시간에라도……."

래나가 이번에는 기막히다는 듯이 웃었다.

"바보냐?"

나한테 한 말인가 싶어서, 검지손가락으로 나를 가리켰다. 래나가 입술을 삐죽거렸다. 바보. 바라보고 또 바라봐도 보고 싶은, 그거 말고 진짜 바보를 말하는 것이다. 내가 바보라는 걸 래나는 어떻게 이렇게 빨리 눈치챘을까. 그.런.데.

"그러자."

"어?"

잠시 머리가 안 돌아갔다. 그러자고? 방금 내가 무슨 말을 했더라. 아!

"아, 점심시간에만 사귀자고?"

"아니. 좋을 때까지."

"와, 대박!"

"그 대신, 비밀!"

"아, 비밀!"

백 번, 천 번도 비밀로 할 수 있다. 첩보원처럼 비밀을 지킬 자신도 있었다. 어떻게 내게 이런 일이!

래나가 내 고백을 받아 줬다! 그러니까 오늘부터 1일이다. 사랑을 하면 세상이 온통 핑크빛이라더니, 그게 무슨 뜻인지 알 것 같다. 핑크빛 선글라스를 쓴 것처럼 세상이 전부 핑크색으로 보였다. 아는 사람은 알 거다. 내가 검은 옷을 즐겨 입는다는 걸. 그런데 지금 내 세상은 온통 핑크다. 핑크로 물들고 있다.

세상은 이렇게나 달콤하구나. 하루 사이에 이렇게 달라질 수 있구나. 어떻게 해야 비밀을 잘 지킬 수 있을까. 이렇게 자꾸 웃음이 나는데 말이다.

사춘기라는 거, 별거 아니었다. 까짓것, '러브'로 이겨 내면 된다. 순간, 래나와 접점을 좀 더 많이 만들어야 한다는 생각이 들었다. 반도 다르고, 학원도 다르니까. 반을 바꿀 수는 없으니, 영어 학원이라도 같아야 했다. 그리고 오랜만에 좋은 아이디어가 떠올랐다.

그날 밤, 나는 엄마가 집으로 돌아오기를 기다렸다. 어릴 때를 제외하고 이렇게 간절히 엄마를 기다린 적이 없었다.

특히 싸울 때 빼고는 거의 말을 섞지 않는 요즘은 더욱 그랬다.

현관문을 열고 들어오는 엄마를 붙잡고 내가 먼저 말을 걸었다.

"나, 영어 학원 옮겨 줘…… 요."

엄마는 시큰둥하게 나를 보았다. 믿음이 안 간다는 표정이다.

"공부 잘하는 애가 다니는 데 다니고 싶어…… 요."

목구멍에 다시 참기름을 바른 듯 비밀스럽고 또 고소한 거짓말이 술술 나왔다. 엄마는 가볍게 한숨을 쉬며 혼잣말을 했다.

"퍽이나!"

엄마, 혼잣말이 너무 큰 거 아닙니까. 아파트 관리 사무실에서 트는 안내 방송만큼 쩌렁쩌렁 울렸습니다만.

물론 예상했던 반응이어서 엄마의 '혼잣말'에 바로 반격했다.

"나 진짜 잘 다닐 거예요. 옮기면, 진짜!"

미심쩍은 눈빛을 보내던 엄마가 뭔가를 깨달은 듯이 내 눈을 바라보며 말했다.

"그동안 학원이 마음에 안 들어서 안 가고 싶었던 거야?"

아니, 내가 말하는 그 순간까지도 찾지 못했던 좋은 핑계를 엄마가 대신 말해 주었다.

나는 냉큼 고개를 끄덕였다. 엄마가 그렇게 생각해 주니, 정말 그런 것 같다. 솔직히 말해서 예전 학원이 싫었던 건 아니었다. 다만 학원이라는 곳은 언제나 가고 싶지 않은 곳 아닌가? 하지만 래나네 학원으로 옮기면, 래나를 보러 학원에 가고 싶을 것 같았다.

"아, 그래서 그랬구나."

"맞아요!"

"난 네가 사춘기 핑계 대고 귀찮아서 안 가는 줄 알았어."

"그럴 리가요!"

나는 엄마의 손을 잡았다. 거의 90퍼센트는 넘어온 것 같다.

"어쩐지 생전 엄마 때문에 다닌다는 말을 하던 애가 아닌데. 사춘기라 변한 줄 알았더니 학원이랑 안 맞았던 거구나. 엄마는 그것도 모르고……."

엄마는 반성하는 듯 혼잣말을 중얼거렸지만, 이번에도 내 귀에 너무나 잘 들렸고, 그건 참으로 적절한 구실이었다. 엄마는 조금 전까지 기운이 없어 보였는데, 어느새 똘망똘망한 눈을 하고는 내 손을 맞잡았다.

"수호야, 엄마는 네가 공부 잘하길 바라는 건 아니야. 뭘 하든 성실한 태도가 더 중요하지. 엄마 때문이 아니라 너 지신을 위해 학원을 다녔으면 좋겠어."

　"제가 하고 싶은 말이 그 말이에요! 옮기면 정말 성실하게 갈 거예요!"

　엄마가 고개를 끄덕였다. 오랜만에 맞잡은 손이고, 오랜만에 화해 무드였다. 그 순간, 나는 더욱 다짐했다. 성실하게 학원, 아니 래나에게 가겠다고.

선 넘네

시작하는 관계에는 진리가 있다. 자주 봐야 더 좋아진다는 것. 그래서 옮겼다, 영어 학원을. 엄마 말대로 성실한 태도로 말이다. 나의 모든 성실을 끌어모아 아침부터 래나네 집 앞 공동 현관에서 기다렸다. 학교에 같이 가고 싶어서 어젯밤부터 세운 계획이다.

"안녕?"

밝고 경쾌한 톤을 연습해 보았다. 이건 좀 아니다.

"안녕."

이번에는 '녕'자를 올리지 않고 차분하게 내려 봤다. 이것도 좀 별로였다. 그런데 그때, 누군가 나를 비웃듯 지나쳤다.

"뭐냐, 김수호?"

윤지희였다. 그 옆에 나의 여자 친구 래나가 있었다. 그저 빛이 난다. 누구의 여친인가!

"아, 안녕?"

당황해서 연습한 대로 실행이 안 됐다.

"뭐야?"

옆에 서서 같이 가는데, 래나가 나를 살짝 째려보더니 입 모양으로 분명히 말했다.

'가! 가!'

가수 레이디 가가를 부르는 건 분명히 아니다. 나한테 사라지라고 한 말이었지만, 난 눈치를 챙기기 싫었다. 왜? 그냥! 옆에 붙어 있고 싶으니까. 그래도 가긴 갔다. 래나와 윤지희 뒤를 졸졸 쫓아서.

"오늘도 이어달리기 연습해?"

윤지희가 래나에게 물었다. 나는 성실하고도 빠르게 래나 옆에 다가가 대답했다.

"당연히 오늘도 하지! 그치, 래나야?"

래나가 미간을 찌푸리며 말했다.

"아, 좀 피곤하네."

래나가 피곤하다는데, 내가 가만히 있을 수가 있나!

"피곤해? 어디가?"

그때 래나가 갑자기 뛰기 시작했다.

"뭐, 뭐야? 왜 뛰어?"

윤지희가 뛰는 래나를 따라가지 못하고 그 자리에 멈췄다. 나는 이게 웬 떡인가 싶어서 신나게 뛰었다. 래나와 함께라면 지옥 불구덩이에라도 뛰어들 각오가 되어 있으니까. 아침부터 생쇼 하는 것 같지만, 이어달리기 연습하는 셈 치면 된다. 나까지 연습하게 하는, 정말 대단한 내 여친!

건우와 직녀 설화를 들은 적이 있다. 은하수를 사이에 두고 떨어져 살다가 음력 7월 7일에나 오작교에서 만난다는 이야기다. 5반과 6반으로 나뉘어 복도에서만 마주칠 수 있는 나와 래나가 딱 그 신세다. 그래서인지 체육 대회 연습이 더 간절했고, 영어 학원에 가는 시간을 더 기다렸다.

수업 시간은 길고 지루했지만, 잠깐의 쉬는 시간에 복도에서 래나를 만나 눈빛을 교환하면 그것만으로도 손끝이 짜릿했다. 하지만 수업이 모두 끝났을 무렵, 나는 화가 불끈 치밀었다. 오늘은 이어달리기 연습이 없다는 소식을 뒤늦게 들었기 때문이다.

'아오, 왜!'

나는 교문에서 래나를 기다렸지만, 래나는 보이지 않았다.

오늘 연습 없는데 어디 갓어?

나는 래나에게 톡을 보냈다. 하지만 읽었다는 표시가 나타나지 않았다.

'바쁜가?'

그래도 기회는 있었다. 영어 학원이라는 기회가!

"래나!"

영어 학원에 도착하자마자 래나 옆에 섰다. 래나는 그제 야 한 손을 올리더니 스마트폰을 톡톡 두드렸다.

"응?"

"그거 좀 보라고."

나는 어리둥절하게 스마트폰을 꺼냈다. 그러자 래나가 손 가락을 빠르게 움직여 어마어마한 속도로 톡을 보냈다.

 비밀로 하자고 했잖아. 아침에 지희 눈치 엄청 보였거든.

"아!"

내가 생각난 듯 입을 벌리자, 래나는 말없이 교실로 들어 가 버렸다. 맞다, 비밀로 하기로 했었지. 너무 좋아서 참지 못 하고 아침부터 찾아간 내가 바보 같았다.

의욕이 너무 앞섰다. 그렇지만 좋은 걸 어떡하냔 말이다. 나도 래나를 따라 교실로 들어갔다. 래나 곁에 앉으려는데, 선생님이 나를 불렀다.

"김수호, 맨 앞에 앉아!"

"네? 왜, 왜요?"

"처음 왔으니까 쌤이 가까이서 보려고."

"왜요?"

'안 봐도 돼요. 저는 래나 봐야 해요'라고 말할 수는 없었다. 비밀! 비밀이니까!

어쩔 수 없이 선생님의 코앞에 앉았다. 선생님은 교재를 펼치라고 하더니, 갑자기 내게 한 단어를 가리키며 말했다.

"김수호, 맨 위에 있는 '확실한' '틀림없는'이라는 뜻의 영어 단어 읽어 볼래?"

"네?"

선생님이 가리킨 단어는 'certain'이었다.

이쯤이야. 난 자신 있게 대답했다.

"커튼?"

아이들이 입으로 방귀 뀌듯 푸시식 하고 웃었다. 난 영문을 알 수 없었다. 도대체 왜 웃지? 그런데 내 옆에 앉은 애가 내 팔을 콕콕 찌르더니 물었다.

"야, 너 이건 아냐?"

얼굴을 보자마자 왜 기분이 나쁜가 했더니, 6반 이어달리기 남자 대표 장원빈이었다.

뭐야. 둘이 영어 학원도 같았단 말야? 이렇게 자꾸 우연이 겹치는 건 좀 찜찜한데. 같은 반에, 같은 대표에, 같은 영어 학원이라니.

나는 어쩐지 분하고 질투가 났다. 래나는 왜 우리 반으로 전학 오지 않았는지 억울하기까지 했다.

더구나 장원빈이 나에게 단어를 물어봤다. 순간 나를 무시하나 싶었지만, 여기서 포기하면 내 모양만 우스워질 것 같았다. 나의 여친 래나도 있지 않은가. 장원빈이 가리킨 단어는 'scene'이었다.

"스, 케네?"

이번에는 푸시식이 아니었다. 그야말로 빵빵하던 풍선이 터지듯 아이들이 큰 소리로 웃음을 터뜨렸다.

"야, c는 묵음이야. 소리가 안 난다고."

자식, 그걸 이제 알려 주냐. 진작 알려 줄 것이지. 음, c가 묵음이라 소리가 안 나면……

"쎄네?"

이번에는 아이들이 책상까지 두드려 댔다. 순식간에 교실이 아수라장이 되었다.

"조용! 친구를 놀리면 어떡하니."

선생님이 아이들을 진정시켰다. 아이들이 웃는 동안 나는 뒤를 돌아보았다. 래나도 조금 웃더니, 나와 눈이 마주치자 입술을 깨물었다.

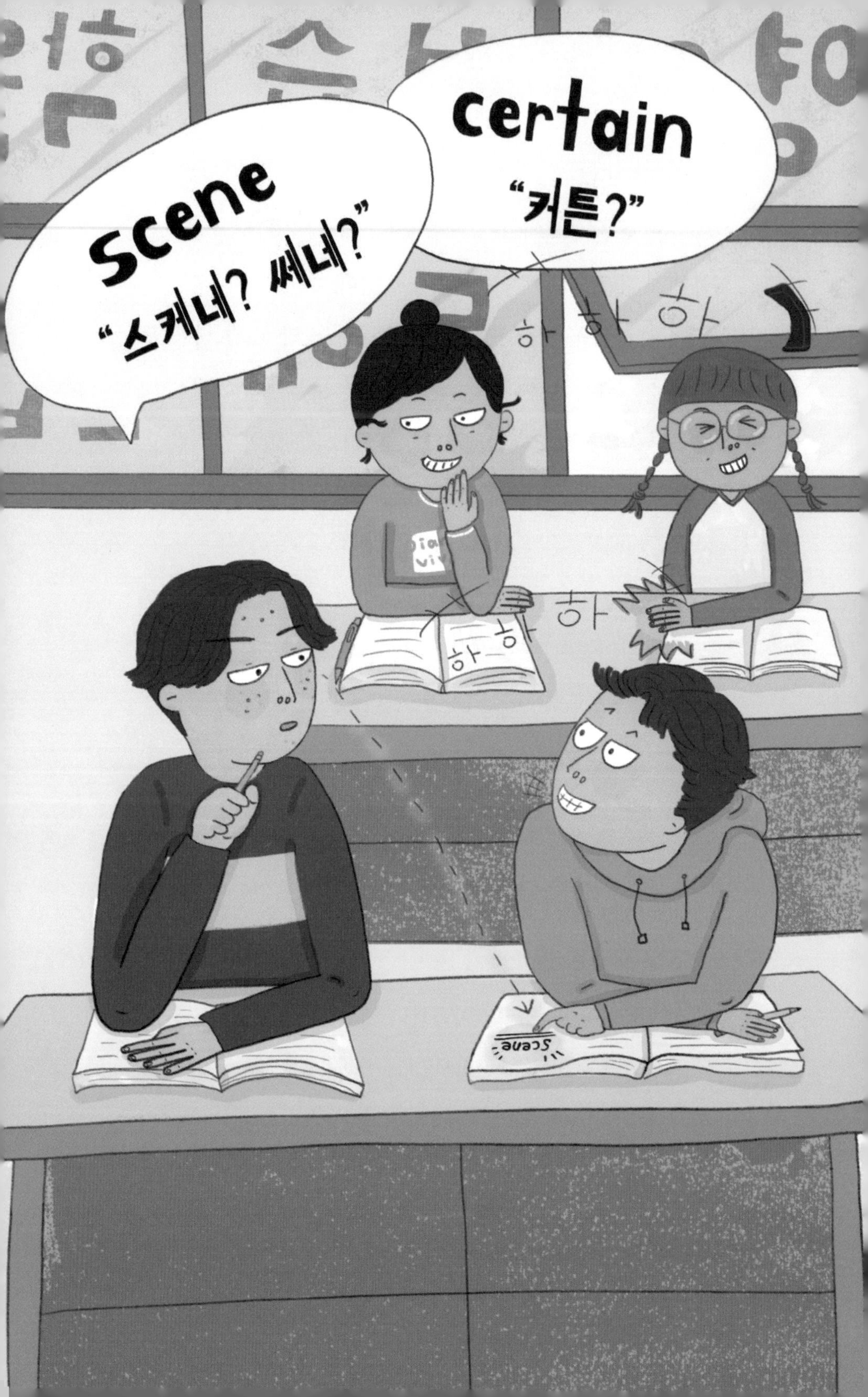
Scene
"스케네? 쎄네?"
certain
"커튼?"
하 하 하
하 하 하
scene

수업 끝나고 밖으로 나오는데, 래나가 나를 휙 지나쳤다.

래나. 무슨 일 있어?
래.....................
나.....................
래.....................
나.....................
왜
그
래

래나에게 톡을 보냈지만, 래나는 읽고도 답장을 하지 않
았다.

'왜 저러는 거야?'

연애는 원래 이렇게 복잡한 걸까? 그냥 좋아하는 마음만
표현했을 뿐인데, 하루 만에 이렇게 될 줄이야.

나는 엘리베이터를 타려다가 내 앞에서 문이 닫히는 바
람에 결국 타지 못했다. 어쩔 수 없이 계단을 터덜터덜 내려
가다 1층에서 래나와 마주쳤다.

"래나!"

래나에게 반갑게 아는 척을 하려는 순간, 낯익은 뒤통수
가 보였다.

"어?"

엄마다, 분명히. 나는 걸음을 멈췄다. 지 차림은 뭐지? 검은색 조끼에, 땀범벅이 된 머리카락, 시뻘겋게 달아오른 얼굴까지…… 어쩐지 추레해 보였다. 처음에는 엄마에게 래나를 만나는 걸 들키고 싶지 않았는데, 이제는 달랐다. 래나에게 엄마를 들키는 게 더 창피했다. 나는 재빨리 래나 뒤에 숨었다.

"뭐야?"

래나가 오늘 처음으로 나에게 먼저 말을 걸었지만 대답할 수가 없었다. 나도 모르게 죄지은 사람처럼 심장이 쪼그라들었다. 아니, 나는 단지 엄마에게 래나와 만나려고 학원을 옮긴 사실을 들키고 싶지 않을 뿐이라고 치자. 그래서 몸을 잠시 숨긴 것뿐이라고.

"왜 그러는데?"

래나는 영문도 모른 채 나를 돌아보았다.

"아, 잠깐 이렇게 있어 줄래?"

"뭐?"

래나는 이상하다는 표정으로 나를 바라보았다.

"조금만."

나는 엄마가 나를 지나쳐 갈 때까지 래나 뒤에 숨어 걸었다. 엄마는 어느새 사라지고 없었다.

　"뭐 하는 거야?"

　래나가 그제야 자기 어깨에 있던 내 손을 확 치워 버렸다.

　"아, 미안. 그런데 너 왜 내가 보낸 톡 안 봐?"

　래나는 한숨을 훅 내쉬었다.

　"왜 그렇게 톡을 많이 보내? 내가 비밀로 하자고 했는데,

꼭 티를 내야겠어?"

"아, 미안."

래나는 입술을 꽉 깨물었다. 난 절로 눈치가 보였다.

"내일부터는 진짜 조심할게! 그런데 내일 뭐 해?"

"토요일이잖아."

"그러니까. 토요일에 뭐 해?"

"마라탕 먹으러 가고 싶긴 한데……."

"마라탕? 내일 내가 사 줄까?"

"내일?"

나는 고개를 끄덕였다.

"그러든가."

나는 래나의 얼굴을 바라보며 환하게 웃었다. 엄마와 마주쳤다는 기억은 이미 안드로메다 행성으로 날아간 지 오래였다.

데이트가 왜 이렇게 어려워

나는 돈이 없다. 하지만 마라탕을 사 준다고 해 놓고, n분의 1을 하자고 할 수는 없었다. 어쩔 수 없지. 엄마에게 슬쩍 빌리기로 마음먹었다.

엄마의 지갑은 스마트폰 케이스다. 엄마는 거기에 온갖 것을 다 넣고 다닌다. 요즘 엄마는 집에 들어오면 바로 씻으러 가니까, 그 틈을 노릴 계획이었다.

나는 엄마가 오는 소리를 기다리다가, 문득 오늘 엄마와 마주쳤던 순간이 떠올라 얼굴이 확 달아올랐다.

'엄마는 대체 뭘 하고 돌아다니는 거야. 좀 꾸미고 다니든가. 아무리 동네라지만 아저씨처럼 하고 다닐 건 뭐야!'

그때였다. 도어락 버튼 소리가 들리더니, 문이 열렸다. 침이 절로 꼴깍 넘어갔다. 작전 시작이다. 엄마가 거실에 멀뚱히 서 있는 나를 미심쩍은 눈빛으로 바라보았다.

"왜?"

"뭐가?"

"어휴, 덥다."

엄마는 스마트폰을 소파 위에 올려 두고 안방 욕실로 들어갔다.

'나이스!'

나는 엄마의 스마트폰 케이스를 살폈다. 지폐는 없고 카드만 몇 장 있었다. 엄마는 왜 돈을 안 갖고 다니는 걸까. 한숨이 나왔다.

그 순간, 스마트폰에서 알람이 울리더니 화면에 메시지가 떴다.

'뭐야?'

메시지를 제대로 읽어 보기도 전에, 엄마가 머리를 수건으로 문지르며 거실로 나왔다. 나는 급히 스마트폰 알림을 옆으로 넘겼다.

"김수호! 너 뭐 해?"

"어, 어? 아무것도."

엄마가 스마트폰을 홱 낚아챘다.

"김수호, 너는 네 폰 보면 질색하면서 엄마 폰은 왜 봐?"

이럴 땐 오히려 뻔뻔하게 나가야 한다.

"안 봤어!"

엄마는 의심스러운 표정을 지으며 스마트폰을 톡톡 두드리기 시작했다.

이로써 엄마에게 돈을 빌리려던 계획은 처참하게 무너지고 말았다. 차라리 솔직하게 빌려 달라고 말하며 적당히 애교를 부릴걸 그랬다. 계획 자체는 괜찮았는데, 하필 그때 알람이 울려서 일이 꼬여 버렸다. 하지만 포기할 내가 아니다. 결국 나는 다른 방법으로 돈을 마련했다. 아빠에게도 같은 전략을 시도한 것이다. 내 작전은 그대로 통했다. 아빠도 3만 원밖에 없었지만, 나는 그 돈을 챙겨 다음 날 래나를 만나러 갔다.

나와 래나는 흡사 첩보원처럼 동네에서 조금 떨어진 곳에서 마라탕을 먹기로 했다. 우리는 비밀 커플이니까!

래나는 마라탕을 너무 좋아하다 못해 사랑한다고 했다. 피도 아닌데 정기적으로 수혈받아야 한다고 말할 정도였다.

그래서일까. 래나는 어느 마라탕집이 맛있는지 속속들이 알고 있었다.

"먹고 싶은 거 다 담아. 여기서부터 여기까지!"

내가 분모자가 있는 왼쪽 끝부터 숙주나물이 있는 오른쪽 끝까지 가리키며 말했다. 그랬더니 얘가 세상에, 마라탕 재료를 2킬로그램이나 담았다. 나는 흠칫 놀랐지만 태연한 척하려 애썼다.

'하아, 저거 얼마나 나올까. 3만 원으로 가능할까.'

그 생각에 사로잡혀 심장이 자꾸만 콩닥거렸다. 다행히도 내가 가진 돈을 초과하지는 않았다.

"몇 단계로 먹을래?"

나는 모든 걸 맡긴다는 듯 래나를 향해 손을 내밀었다.

"3단계!"

래나는 정말 화끈한 맛을 좋아했다. 문제는, 나는 그렇지 않다는 거였다. 불맛 닭볶음 라면도 제대로 못 먹는 나에게 마라탕 3단계라니! 그것도 첫 데이트에서, 내가 내 돈을 내고 이 매운맛을 사 먹다니!

"왜, 매워?"

래나가 입을 오물거리며 물었다.

"아, 조, 조금."

"맵찔이네."

그 말이 어쩐지 찌질하다는 뜻으로 들렸지만, 콧물이 줄줄 흘러서 휴지로 연신 닦고 있었기에 아니라고 반박할 수도 없었다. 나는 물을 벌컥벌컥 들이켰다.

"맵찔이는 점수가 낮은데."

래나는 분명 혼잣말을 했겠지만, 혼잣말에 영 서툰지 내 귀에 다 들렸다. 순간 내게 상대방의 속마음을 읽는 초능력이라도 생긴 줄 알았지만, 그냥 래나의 혼잣말이 과하게 컸던 거다. 어쨌든 점수가 낮다는 말을 듣자 갑자기 의지가 불타올랐다. 점수를 깎이면 안 되지 않겠는가!

나는 먹방 유튜버처럼 신나고 치열하게 면을 흡입했다. 호로록 짭짭, 후루룩 쩝쩝 소리까지 내면서.

"소리 내면 점수 낮아지는데."

이번에도 래나가 혼잣말을 했다.

뭐, 또? 난 점수가 깎이지 않도록 소리 내지 않으면서도 신나게 먹어야 했다. 광고 모델이나 먹방 유튜버도 아닌데, 맛있게 먹는 연기를 해야 하다니!

무슨 정신으로 어떻게 먹었는지 모르겠지만, 혀가 고문이라도 당한 듯 땀이 줄줄 흘렀다.

"근데 너 입 좀 닦아야겠다."

면 치기를 너무 열심히 했나 보다. 입 주위에 빨간 마라탕 국물이 번져 있었다.

"또 점수가……."

래나는 점수를 잘 매기는 아이였다. 기준이 뭔지 알 수 없다는 게 함정이지만 자기만의 기준에 따라 점수를 매기는 아이, 래나. 아무래도 래나에게 직업으로 국제 심판을 추천해야 할 것 같다.

망했다

다음 날 아침, 스마트폰을 보자마자 깜짝 놀랐다. 카톡 생일 명단에 래나가 떡하니 뜬 것이다.

'내일모레가 래나 생일?'

뭐가 이렇게 한꺼번에 닥쳐올까!

첫 데이트는 솔직히 망했다고 보면 된다. 점수가 얼마나 깎였는지 짐작도 안 갔다. 기회가 있다면 반드시 만회해야 했지만, 여전히 돈이 문제였다. 내 용돈은 한 달에 3만 원뿐인데, 그마저도 받을 날이 멀었다. 내가 생각이 있는 사람이라면 마라탕을 먹으러 가자고 하기 전에 생일부터 물었어야 했다. 모태 솔로로 살다가 여자 친구를 사귀니, 의욕만 앞서지 드라마처럼 로맨틱하게 흘러가는 게 없었다.

선물만 안겨 주고 집에 와도 되나? 조금 저렴한 선물이어도 괜찮을 것 같았다. 초등학생에게는 초등학생의 백화점이 있으니까. 나는 그곳에서 선물을 고르려다가 문득 인터넷에서 본 글이 생각났다. 그곳에서 산 선물을 생일 선물로 받고, 남자 친구와 헤어지고 싶다는 내용이었다.

그건 안 될 일이었다. 어쩔 수 없이 나는 누나 물건 중에서 그럴듯한 걸 찾아보기로 했다. 하지만 누나 방은 쓰레기장이나 다름없이 엉망이었다. 입술에 바르는 새 틴트가 있다면 래나에게 줘도 괜찮을 것 같았는데, 누나에게 그런 건 없었다.

그러다 한 가지 생각이 떠올랐다. 적당한 물건을 중고로 팔아서 돈을 버는 거다. 하지만 내 물건 중에는 팔 만한 게 없었다. 게임기를 팔 수는 없다. 그나마 값어치가 있는 건 엄마 물건뿐이었다. 그렇다, 엄마가 아빠에게 결기 선물로 받은 팔찌가 있었다.

아빠, 엄마 팔찌 얼마 주고 샀어?

꽤 비쌀걸.

얼만데?

안 돼. 비밀이야.

여기저기 비밀이 많기도 했다. 꽤 비싸다고 하는 걸 보면, 20만 원은 넘지 않을까? 그럼 그보다는 싸게 내놓아야 했다. 나는 사진을 찍어 중고마켓에 18만 원이라고 올렸다. 그 정도면 팔릴 것 같았다. 하지만 이틀이 지나고 래나의 생일 당일이 되었지만, 아무도 댓글을 달지 않았다.

'이걸 언제 팔고 언제 선물을 사.'

곰곰이 생각해 보니, 이걸 그냥 주는 것도 나쁘지 않아 보였다. 엄마에게는 조금 미안하지만, 포장도 풀지 않고 내팽개쳐 놓은 걸 보면 엄마에게도 그다지 소중하지 않은 것 같았다. 나는 중고마켓에 올린 사진을 내렸다. 포장 상자째 래나에게 주기로 결심했다. 팔찌를 볼 때마다 분명 내 생각이 나겠지.

이번에도 우리의 비밀 데이트 장소는 마라탕집이었다. 내가 새로 생긴 마라탕집을 검색해서 래나를 데리고 왔다. 오늘은 꼭 깎인 점수를 다시 회복해야 한다. 마이너스로 내려

갔을 점수를 어떻게든 끌어올릴 것이다.

"래나!"

내가 손을 흔들자, 래나가 입을 삐죽이며 다가왔다. 마라 탕 재료를 다 담고 음식을 기다리며, 나는 마주 앉은 래나를 흘끔 바라보았다. 래나는 스마트폰을 보고 있었지만, 나는 선물을 내밀었다.

"뭐야?"

"생일 선물!"

"생일 선물?"

나는 고개를 끄덕였다.

"오, 상자가 그럴듯한데?"

지하로 내려갔던 내 점수가 조금은 올라온 것 같았다.

"열어 봐."

래나가 상자를 열었다. 눈이 휘둥그레지는 게 보였다.

그때 딸랑거리는 소리가 나더니, 문을 열고 누군가가 들 어왔다. 검은 옷을 위아래로 입고 헬멧을 쓴, 기골이 장대한 사나이…… 인 줄 알았는데, 헬멧을 벗고 보니 그 사람은,

"헙!"

엄마였다.

나는 마라탕 그릇으로 얼굴을 가리고 싶은 심정이었다.

엄마는 성큼성큼 들어오더니 나를 보고 눈을 크게 떴다. 엄마와 눈이 딱 마주치고 말았다. 다행히 래나는 엄마를 등지고 있어 이 상황을 보지 못했다.

나는 재빨리 입 모양으로 말했다.

'가! 가!'

이번에는 내가 레이디 가가를 찾을 차례였다. 손을 빠르게 움직여 식탁 위에 있는 팔찌를 휴지 상자로 가렸다. 내가 고개를 돌리자 엄마도 카운터로 갔다.

"배달이요!"

마라탕집 사장님이 엄마에게 포장 봉투를 건넸다.

'뭐야, 배달? 엄마가 배달?'

래나는 마라탕을 기다리다가 엄마를 힐끔 바라보았다.

"연세가 좀 있으신데, 배달하시네?"

"하하, 그러게."

나는 어색하게 웃었다.

그날 나는 래나에게 점수를 잃지 않았다. 팔찌도 주고, 마라탕도 사 줬으니까. 게다가 이번에는 마라탕을 거의 먹지 않아서 지난번처럼 창피한 일도 없었다.

그런데도 이상하게 기운이 쭉 빠졌다. 집에 도착하니 엄마가 소파에 앉아 있었다. 모른 척하고 방으로 들어가고 싶었지만, 엄마는 나를 가만히 두지 않았다.

"김수호, 이야기 좀 해."

나는 안 들리는 척하며 화장실로 직행했다.

"아까 엄마 못 봤어?"

어떻게 대답해야 할지 고민했다. 아, 모르겠다. 피하련다. 이른바 시치미 작전이다.

"아니? 언제?"

"엄마 못 봤어?"

"내가 엄마를 어디서 봐. 나 오늘 엄마 처음 보는데?"

나는 엄마가 래나의 말을 듣지 않았기를 바랐다. 들었어도 내가 엄마 편을 들지 않은 것을 엄마가 모른 채 지나가길 바랐다. 하지만 엄마의 마음은 통 알 수 없었다. 엄마는 잠시 나를 의심스러운 눈빛으로 바라보더니, 이내 코를 훌쩍이며 큰 소리로 물었다.

"그건 그렇고, 너 집에서 언제 나갔어?"

"아까."

"아까 몇 시에?"

나는 대답 대신 방으로 들어가 버렸다.

"이상해. 팔찌가 사라졌어."

엄마가 방문 앞까지 와서 말했다. 나는 침을 꿀꺽 삼켰다.

"뭐? 근데?"

"너 몰라?"

"몰라! 왜 나한테 물어?"

"신고하려고."

간이 철렁했다. 나는 방문을 열지도 않고 되물었다.

"뭐, 신고?"

"응, 엘베 앞 시시 티브이 좀 보려고. 비싼 물건이니까."

망했다. 이제 어떻게 해야 할까? 아빠에게 사실대로 말하고 엄마에게 대신 잘 말해 달라고 할까? 아니면 아빠에게 용돈을 받아 팔찌를 다시 살까? 소중한 게임기라도 팔아서 팔찌를 도로 사야 하나? 아무리 고민해도 딱히 좋은 수가 떠오르지 않았다. 가장 간단하고 확실한 방법이 남아 있었지만, 그건 내가 생각해도 정말 치사했다. 그 방법이라면 신고도 막을 수 있겠지만……. 하아.

결국, 나는 톡을 보냈다.

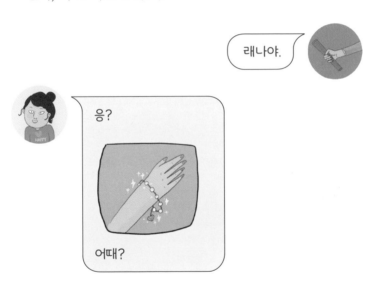

어떻긴, 하나도 안 어울리지. 아무 생각 없이 채팅 창에 쳤다가, 지우려던 걸 습관적으로 전송해 버렸다.

'아, 미쳐.'

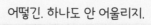

어떻긴. 하나도 안 어울리지.

응?

나와 래나 사이에 침묵만 흘렀다. 나는 고민하다 말을 이었다.

내가 한 달 뒤에 용돈 받아서
다시 사 줄 테니깐 돌려주면 안 되?

뭘?

그거…… 엄마 거야.

헐. 너 엄마 바보구나?

귀엽단 말인가?

답답하다.

내가? 어디가 어땠어?

 너 맞춤법도 개심각해.

우재보단 낳은데.

 낳긴 뭘 낳아? 영어 단어도
커튼이라고 읽더니.

모를 수도 있지.

 너 책도 안 읽지?

헐! 어떻게 알았지? 귀신이 따로 없다. 래나에게 국제 심
판에 이어 프로파일러를 추천해야겠다.

 아까 '않 되'도 구려.

어쩔.

그런 말도 너무 없어 보여.

 또 점수 잊었단 뜻?

'래냐야, 너 혹시 세종 대왕님이니?'

래나에게서 좋은 점수를 받는 건 정말 어려웠다. 시험이 끝날 때마다 누나가 했던 말이 떠올랐다. 아무리 공부해도 등급을 올리기 힘들다는 그 말이 이제 조금은 이해가 되었다. 아니, 어쩌면 내가 더 어려운 상황에 처한 것 같기도 했다. 사람의 마음이 이렇게나 복잡할 줄이야. 다시 처음으로 돌아갈 수 있다면 좀 나아지지 않을까 생각했지만, 래나의 마지막 말이 내 심장을 파고들었다.

 넌 넘 초딩.

초등학생에게 가장 험한 말이 이거다. 초딩 같다는 말. 아니, 어떻게 여친이 이런 말을 할 수 있지? 나는 순간 욱했다.

 뭐? 초딩?

그래. 완전 초딩 말투.

 어쩔래미? 우짤래미?
킹받쥬!!!!???

 그만해라.

 팔찌는 언제 줄 건데?

 팔찌는 니네 집 우편함에 넣어 둘게.
그러니까 나한테 말 걸지 말래?

래나는 방을 나가 버렸다. 영.원.히.

그렇게 우리의 연애는 고작 일주일 만에 끝나 버렸다. 세상에 둘도 없는 사랑이라고 믿었는데……. 좋을 때까지 사귀자더니, 그 좋은 때가 일주일 만에 끝날 줄이야.

다음 날, 나는 우편함에서 팔찌를 꺼내 제자리에 두었다. 저 팔찌 때문에 래나와 헤어진 것만 같아서 더 화가 났다. 팔찌만 아니었어도 이렇게 되지 않았을 텐데. 아니, 엄마가 배달하는 걸 나한테 들키지만 않았어도. 아니, 도대체 왜 엄마가 거기서 나오냐고! 정말 창피하게!

처음에는 미련이, 그다음은 분노가, 이어서 아쉬움과 좋았던 기억이 연달아 밀려왔다. 무슨 정신으로 학교를 다녔는지 알 수 없었다. 그나마 비가 와서 며칠째 이어달리기 연습을 하지 않은 게 다행이었다.

그렇게 며칠이 흐르고 주말이 찾아왔다. 나는 주말 내내 방 안이 세상의 전부인 양, 방에 틀어박혀 있었다. 오래 누워 있었더니 허리가 아팠다. 그러다 문득 '괜찮아, 그래도 연애는 해 봤잖아' 하는 생각이 스쳤다. 하지만 그 생각만으로는 마음이 나아지지 않았다. 자꾸 눈물이 났고, 밥도 넘어가지 않았다. 씻는 것도 귀찮았다. 정말 급한 배변이 아니면 방 안에서 꼼짝하지 않고 지냈다.

나는 거울 앞에 섰다. 비련의 남자 주인공 같은 표정을 지어 보았다. 우수에 젖었을 거라 생각했는데, 눈이 팅팅 부어 있었다. 우수는커녕 폐인이나 다름없었다. 나는 다시 침대에 누웠다. 문밖에서 엄마의 목소리가 들려왔다.

"김수호?"

"아, 왜!"

"어디 아파?"

마음이 아프면 어디가 아프다고 해야 하나. 난 엄마가 묻

는 말에 대답하지 않고 이불을 푹 뒤집어썼다.

"도대체 어디가 아픈데! 병원 가지."

하아, 이럴 땐 어떤 병원으로 가야 할까. 사랑에 상처받았
을 때 119를 부르면 응급실로 데려가 줄까? 119는 알까, 내
가 어느 병원을 가야 하는지.

나는 지금 감정이 한껏 차올라서, 누가 살짝만 건드려도
눈물이 뚝뚝 떨어질 것 같았다.

"왜 그래? 친구랑 싸웠어?"

친구라니, 래나와 나는 이제 친구일까? 아니면 친구조차
아닌가? 그렇다면 사랑은 대체 뭐지?

그때였다. 톡이 하나 왔다. 우재였다.

토요일인데도 6반 안래나랑
장원빈은 운동장에서 연습하던데
우리 반은 안 하냐?

나는 몇 번이나 눈을 끔뻑이며 내용을 확인했다. 눈물이
핑 돌았다. 톡이 또 왔다. 인증 사진이었다. 둘이 함께 배턴
터치를 연습하다가 손이 맞닿은 듯한 사진. 래나가 웃고 있
었다. 내가 일주일, 아니 점심시간에라도 사귀자고 했을 때
보여 준 그 표정이었다. 난 이렇게 힘든데, 어떻게 장원빈과

156

웃고 있을 수 있지?

눈물이 뚝 떨어지더니, 결국 울음이 터졌다. 그 소리는 동굴 같은 내 방을 벗어나 온 집 안에 울려 퍼졌다.

"수호야, 우니? 너 정말 무슨 일 있어?"

누가 우냐고 물어보면 더 눈물이 나는 법이다.

너무 많이 울어서 머리가 띵했다. 울음을 그치려는 순간, 엄마 목소리가 다시 들렸다. 우재 엄마랑 통화하는 것 같았다.

나쁜 녀석. 눈치 빠른 녀석. 말이 너무 많은 녀석. 어떻게 알고서는 자기 엄마에게 전부 말했나 보다. 그렇지 않으면 엄마가 이렇게 나올 리가 없다.

"이놈 자식. 네 엄마가 죽어도 그렇게 서럽게는 안 울겠다."

아, 짜증 나게! 지금 이게 무슨 소리야? 그럼 이 와중에 내가 우는 것도 숨죽여서 울어야 해? 내 감정이 이끄는 대로, 마음껏 울면 안 되냐고! 엄마는 아무것도 모르면서! 달래 주지는 못할망정 코웃음을 치다니! 내 화를 돋우려고 작정한 건가?

난 지금 두렵다고! 태어나서 처음으로 느껴 본 감정이었는데, 그게 이렇게 허무하게 끝나 버린 데다 그다음에는 어떻게 해야 하는지 배운 적도 없단 말이다.

인생 즐기는 자가 챔피언

다시 월요일이 찾아왔다. 나는 정말 넋이 나간 사람 같았다. 그리고 난 달라졌다. 예전의 내가 아니었다. 이별이 훑고 간 나는 배고플 때 밥만 먹어도 행복했던 5학년 1학기, 아니 안래나를 만나기 전으로 돌아갈 수 없었다. 축 처진 나를 보며 반 친구들은 영문도 모른 채 말했다.

"김수호, 체육 대회 준비하느라 힘들지?"

연애가 비밀이었기에 이별도 없던 일처럼 비밀스러웠다. 차라리 여기저기 소문이라도 내 볼까, 찌질한 마음이 들기도 했다.

드디어 체육 대회 날이 되었고, 체육 대회의 꽃인지 늪인지 모를 이어달리기 시간이 되었다. 청 팀과 백 팀 아이들이 운동장에 둘러앉아 저마다 팀 구호를 외쳐 댔다. 하필이면 나와 같이 뛸 주자는 장원빈이었다. 원수는 외나무다리에서 만난다더니. 안래나와 알콩달콩 속닥이는 걸 보니 그나마 남아 있던 의욕마저도 거품이 꺼지듯 사그라들었다.

내 마음과 다르게 경기는 순조롭게 진행되었다. 다음 배턴을 넘길 사람은 이루나와 안래나였다. 당연히 안래나가 먼저 장원빈에게 사뿐히 배턴을 넘길 거라고 생각했다. 그런데 그때였다.

"우아아아아! 이루나! 이루나!"

이루나의 이름이 들려왔다. 저 멀리서 들소처럼 뛰어오는 건, 다름 아닌 이루나였다. 이루나가 안래나를 따라잡았다. 이루나에게 집중해야 하는데, 나도 모르게 안래나를 바라보았다. 안래나가 점점 나를 향해 달려왔다. 아니, 정확히는 내 옆에 있는 장원빈을 향해 달려왔지만 말이다.

"야, 정신 차려!"

이루나가 배턴을 내 손에 쥐여 주듯 내밀었다. 그제야 정신이 든 나는 스텝이 꼬여 배턴을 받고도 엉거주춤했다. 뛰어야 하는데, 발이 떨어지지 않았다. 운동장이 내 다리를 철썩 붙잡고 가지 말라고 애원하는 것 같았다. 늪에 쑥 빠진 사람처럼 말이다.

그렇게 청 팀은 이루나의 활약으로 역전에 성공했지만, 나 때문에 다 망하고 말았다. 백 팀은 인래나가 이루나에게 졌지만 장원빈이 나보다 빨리 달려 역전승을 거뒀다. 완벽하게 졌다. 장원빈에게.

나는 뛰면서도 알고 있었다. 어쩌면 뛰기 전부터 알고 있었을지도 모른다. 질 거라는 것을 99.99퍼센트 확신했다. 승리할 거라는 생각은 0.01퍼센트도 하지 않았다. 져도 어쩔 수 없다고, 어차피 이길 수 없는 라인업이라고 스스로를 설득했

다. 의지도 없이 쫄아 있는 초딩 김수호, 그게 바로 나였다.

갑자기 얼굴이 새빨갛게 달아올랐다. 창피해서 울고 싶었
다. 이어달리기 연습 시간에 내가 한 거라곤 으스대며 폼 잡
는 게 전부였다. 안래나에게 차인 이후로는 하루라도 폼을
잡지 않으면 온몸에 가시가 돋아 고슴도치가 된다는 듯 더
욱 폼만 잡고 연습은 제대로 하지 않았다. 앞만 보고 뛰었어
야 했다. 그런데 뒤돌아 안래나가 장원빈에게 배턴을 건네
는 걸 본 순간, 내 페이스가 완전히 무너져 버렸다. 세상에서

제일 큰일이라도 난 것처럼 슬펐다.

주위를 둘러보니 이루나는 아이들에게 둘러싸여 있었다. 이어달리기 연습 때 구박받던 이루나는 이번에는 자기만의 페이스를 잃지 않았다. 이루나가 내 어깨를 두드리며 말했다.

"괜찮아……!"

나는 고개를 들 수 없었다. 온갖 잘난 척을 하며 살아왔는데, 이제는 내가 너무 안 멋있다. 창피했다. 숨고 싶다. 아이들의 시선을 견딜 자신이 없다.

집에 돌아왔지만 기분은 여전했다. 나는 방문을 다시 걸어 잠갔다. 이번에는 아예 몇 달을 혼자 있고 싶었다. 아무도 들어오지 말라고 크게 써 붙여 놓을까 하다가 나의 창피한 구석을 가족에게도 들키고 싶지 않아 그만두었다. 그런데 그때, 엄마가 문을 두드렸다.

"수호야, 너 이어달리기 대표였어?"

엄마는 처음 듣는다는 듯 내게 물었다. 하긴, 최근에는 가족과 세 마디 이상 나눈 적이 없었다.

"선생님께서 네 걱정을 많이 하시던데……."

나는 한마디도 안 했다. 선생님도 분명 실망했을 거다. 다 이긴 경기를 나 때문에 졌다고 생각할 거다.

그렇게 나는 저녁 무렵이 될 때까지 방에 틀어박혀 있었다. 속상해서 그런지 마음이 계속 욱신거렸다. 아니, 근데 진짜 아프네. 뭐지? 뛰다가 발을 접질렸는지 발이 통통 부어 있었다.

"아아아아! 아파!"

참지 못하고 문을 열고 나가자, 엄마가 눈이 휘둥그레졌다. 그 길로 엄마는 병원에 가자고 나를 잡아끌었다.

"엄마가 태워 줄게!"

"응? 엄마가? 뭘?"

차도 없는 엄마가 뭘 태워 준다는 말인가. 그런데 엄마가 손짓한 곳에는 스쿠터가 있었다. 그것도 핑크색 스쿠터. 참 나, 세상이 온통 핑크색일 때는 엄마의 스쿠터가 눈에 들어오지 않았는데, 세상이 시커메진 지금 유일하게 엄마의 스쿠터만 핑크 그대로다. 엄마가 내게 헬멧을 내밀었다.

"아, 이게 뭐야!"

"다리 아픈데 그냥 갈 수는 없잖아!"

나는 마지못해 헬멧을 썼다. 그렇게 정형외과에 가서 다리에 깁스를 했다.

병원을 나와 스쿠터에 올라탔다. 그러나 스쿠터는 집으로 향하지 않았다.

"아, 어디 가는데!"

대답은 돌아오지 않았다. 이윽고 도착한 곳은, 무한 리필 고깃집이었다.

"꼭 여기까지 와야 해?"

"여기, 엄마가 어릴 때 살던 데잖아. 배달하면서 다시 와 봤는데, 너 꼭 데려오고 싶더라."

엄마는 나를 부축하며 고깃집 안으로 들어갔다.

"마음껏 먹어. 무한으로 먹어. 허한 거 다 채워질 때까지 먹어."

"아, 진짜……."

'내 마음이 고기 따위로 채워질 것 같아!'라고 생각했지만, 의외로 채워지더라. 허전한 마음이 가득 찰 때까지 한참을 먹다 보니, 속이 든든해지고, 문득 행복하기까지 했다. '내가 왜 슬펐더라?' 하는 생각도 들었던 것 같다. 그렇게 엄마에게 사육당하듯 무한히 고기를 먹고 있을 때, 엄마가 말했다.

"수호야, 엄마 별명 뭔지 알아?"

아니, 그걸 왜 이 와중에.

"엄마 별명, 오뚝이야."

나는 순간 라면 회사 이야기를 하나 싶었다.

"넘어져도 다시 일어나고, 또다시 일어나고, 또다시 일어나서. 그런데 이번에는 갱년기에 완전히 진 것 같았어."

나는 이해가 되지 않았다. 엄마가 갱년기에 지다니. 사춘기에게는 백전백승을 거두던 엄마 아니었나?

"젊을 때는 넘어져도 다시 일어날 기회가 얼마든지 있다고 생각했어. 돈을 조금 벌어도, 조금 아파도 얼마든지 다시 시작할 수 있을 것 같았지. 그런데 이번에는 달랐어. 내 몸이 마음대로 되지 않는 기분이더라. 다시 일어나려고 해도 과연 해낼 수 있을까 하는 생각이 들었어. 그게 엄마를 슬프고 우울하게 했어. 너희 둘 낳고 일을 그만둔 뒤로 사회에서 내가 뭘 할 수 있을까, 밥하고 빨래 말고 뭘 더 할 수 있을까 고민해 봤어. 엄마 봤지? 요즘 배달 알바 하는 거."

오뚝이 정신을 일깨우려고 배달 알바를 한다고? 도대체 말이 되는 소리를 해야지.

"우선 체력을 키우고 싶어서 걸어 다니면서 배달을 시작했지. 재미도 있고, 체력에도 꽤 도움이 되는 거야. 그래서 본격적으로 해 보려고 스쿠터도 샀어."

나는 아무 말도 하지 않았다.

"네가 자꾸 '선 넘네' 했잖아. 그 말이 되게 기분 나빴어. 사춘기라도 그렇지, 엄마한테 '선 넘는다'가 뭐야? 내 아들인데, 어떻게 엄마한테 선 넘는다고 하지? 그런데 배달 일을 하면서 생각해 봤지. 선을 긋는 거, 그거 꽤 자연스럽고 당연하더라? 사람마다 자기만의 구역이 있어야 하더라고. 그래서 깨달았어. 너도, 누나도 이제 많이 컸으니 자꾸 부모에게 선을 긋고 너희 세상으로 나가려고 하는 게 맞다는 걸. 너희가 점점 더 넓은 세상으로 가야 하는데, 엄마가 자꾸 너희가 그려 놓은 그 선을 넘어 참견하면 안 되는 게 맞았어. 그러니까, 우리 서로에게 선을 잘 지키자. 너도 엄마에게, 엄마도 너에게. 아 참! 요즘 엄마가 하고 싶었던 걸 배우고 있어!"

"알바 말고 다른 거?"

나는 눈을 휘둥그레 뜨고 엄마를 바라보았다. 도대체 엄마가 잔소리를 퍼붓고, 밥 챙기는 것 외에 하고 싶은 게 뭔지 궁금했다.

"엄마, 권투도 시작했어!"

"엥?"

나는 소리 내어 의아한 감탄사를 터뜨렸다. 아니, 하고많은 것 중에 권투라니. 정말 사춘기를 패대기치려고 작정한 건가?

"설마 나 때려잡으려고?"

"그래, 사춘기 때려잡으려고."

"아, 진짜 너무하네."

엄마가 웃었다.

"아들아. 내가 왜 그러겠니? 엄마, 아직도 줄넘기나 겨우 하는 수준이야. 그래도 매일 연습하다 보면, 링에도 오를 수 있지 않을까? 엄마는 잘 지려고 시작한 거야."

"잘 지려고?"

엄마는 말을 이어 갔다. 지면 일어나면 되지, 끝난 건 아니라고. 패배는 아니라고.

"백전백패를 하더라도 인생을 즐기고 있으니, 엄마는 진정한 챔피언이야!"

나는 가볍게 한숨을 내쉬며 피식 웃었다. 그런데 엄마에게는 그 표정이 좋아 보였나 보다. 갑자기 넘지 않겠다던 선을 불쑥 넘어오는 게 아닌가!

"사랑, 그거 아무것도 아니다. 며칠만 지나면 다른 애가 좋아질지도 몰라."

"아, 엄마!"

도대체 나를 뭐로 보고! 그럴 리가 없다. 내가 안래나를 얼마나 좋아했는데. 내 사랑이 얼마나 깊었는데. 어떻게 다른 애를 좋아할 수 있겠어? 그러다 나는 환하게 웃는 엄마

를 보고 습관처럼 '선 넘네'라고 말하려다가 꾹꾹 참았다. 사실 마음속에 못다 한 말이 있다.

'엄마, 미안해. 팔찌 가져가서 안래나에게 준 거. 그리고 밖에서 엄마를 보고도 크게 부르지 못한 거.'

말로 하긴 어렵고, 나는 눈빛으로만 전했다. 눈치챘을까? 나는 그럴 거라고 믿고 싶다. 우리 엄마니까…….

사춘기 대 갱년기 탈출?

시간이 빠르게 흘러 새해가 되었다. 한겨울이 되어서야 엄마는 이렇게 말했다.

"아, 시원해."

"엄마, 드디어 갱년기가 끝났나 봐."

엄마가 피식 웃었다.

"수호야, 너 모르지? 어떤 사람은 일흔 살 넘게 갱년기가 안 끝났대."

"70?"

엄마가 이제 50대니 70살까지 앞으로 20년이 더 남은 거다. 그때쯤이면 나는 서른을 훌쩍 넘겠지.

"와, 반칙! 내 사춘기가 서른 살까지 계속되진 않잖아!"

엄마가 또 피식 웃었다.

"수호야, 이건 내 마음대로 되는 게 아니란다!"

"아, 몰라 몰라! 어떻게 엄마랑 20년을 더 싸우냐고!"

나는 토라져서 몸을 돌렸다. 나는 심각해 죽겠는데, 엄마는 계속 웃기만 하니 답답했다.

정말 사춘기 대 갱년기 전쟁이 앞으로도 계속될 거란 말인가? 아니지. 내 사춘기가 끝나면 이제 엄마의 갱년기만 남는 거잖아. 머릿속이 뒤죽박죽일 때, 엄마가 웃음을 멈추며 말했다.

"그런데 너한테 지는 건 나쁘지 않네."

나는 할 말이 없어서 그냥 엄마의 이마 위 땀을 수건으로 닦아 주었다. 엄마가 내 손을 잡았다. 그런데 맞잡은 엄마의 손이 후끈했다.

"왜 이렇게 손이 뜨거워."

"응?"

시원해졌다더니, 손이 따끈한 거, 그것도 갱년기 때문일까? 난 왜 그런지 엄마의 손을 그저 잡고 있었다.

"아니, 엄마 손이 따뜻해서 좋아."

그런데 엄마가 살짝 눈물을 흘리는 게 아닌가.

"어이구, 우리 수호! 언제 이렇게 컸어!"

엄마는 예전처럼 내 엉덩이를 토닥이는 대신, 머리를 쓰
다듬었다. 그런데 그게, 생각만큼 '극혐'은 아니었다. 어릴 적
추억 같은 느낌? 고향에 돌아온 듯한 기분이랄까.

나는 잠시 동안 엄마의 손길을 허락했다 뒤로 물러섰다.

선 긋기, 그거 아직 끝나지 않았으니까. 나는 선을 긋고 또
그으며, 그 선을 조금씩 넓혀 갈 것이다. 시간이 지나면, 그

선 안에 엄마도, 아빠도, 누나도 들어오라고 손짓할 수 있겠지. 더 크고 넓은 김수호가 되기까지, 시간이 좀 걸릴지도 모르겠다.

어쨌든 학교의 시계는 지치지 않고 돌아가, 나는 초등학교 마지막 학년인 6학년이 되었다. 그리고 6학년이 되고 얼마 지나지 않은 지금, 올해도 같은 반이 된 우재에게 또 시작이냐며 놀림을 받았다. 우재는 작년에 내가 남긴 흑역사를 빠짐없이 기억하고 있었다. 정말 난감했다. 이 녀석, 말이 많은 것도 모자라 기억력까지 좋다니.

이게 다 사랑 때문이었다. 다시는 사랑 같은 거 하지 않겠다고 다짐했지만, 어느 날 복도에서 운명처럼 그 아이와 마주친 순간, 머리끝까지 상쾌해지는 기분이 들었다. 목감기에 걸렸을 때 민트맛 사탕을 먹고 목이 확 트이는 기분, 바로 그 느낌이라고나 할까? 내 시야 몇 미터 안으로 사랑 레이더가 작동했다.

예쁘다. 예쁘다.

나는 확실히 '금사빠'였다. 얼마나 아름다운가. 사랑이 넘치는 이런 나라니!

자꾸만 보고 싶다. 그 아이의 이름은…… 이름조차 반짝이는 마지수! 이번에야말로 찐사랑 같다. 또다시 세상이 핑크빛으로 물들었다. 핑크, 그중에서도 핫 핑크 정도 되는 것 같아 머리가 어지럽다. 그렇다. 지난번은 그냥 풋사랑이었다. 아니, 사랑이라고 쳐주지도 말자.

이번이야말로 진정한 첫사랑이다. 누군가 그랬다. 사랑도 경험이라고. 이 말은, 사랑도 어릴 때부터 꾸준히 해 봐야 제대로 알 수 있다는 뜻 아닐까?

이런 나를 보면 엄마는 기막혀 할지도 모른다. 누나는 미쳤다고 놀릴 수도 있다. 아빠도 '아휴, 말릴걸' 하고 한마디 할 게 분명하다.

그래도 어쩌겠나? 지금도 웃음이 자꾸만 새어 나오고, 심장이 쿵쾅거린다. 내일 지수를 볼 생각만 하면!

나, 사춘기를 벗어난 걸까? 아니면 여전한 걸까? 나도 나를 잘 모르겠다. 이건 아마도, 어느 날 갑자기 훌쩍 커 버린 내가 과거의 나를 떠올리며 '이불 킥' 할 때쯤 생각해 볼 문제일 것 같다.